# O Amor Não É para Mim

Trilogia
A Aventura Sentimental de Monica

Sou Louca por Você

O Amor Não É para Mim

O Amor Me Persegue

# Federica Bosco

# O Amor Não É para Mim

*Tradução*
Roseli Dornelles dos Santos

Rio de Janeiro | 2014

Copyright © 2007 Newton Compton editori s.r.l.

Título original: *L'amore non fa per me*

Capa: Carolina Vaz

Editoração: FA Studio

Texto revisado segundo o novo
Acordo Ortográfico da Língua Portuguesa

2014
Impresso no Brasil
*Printed in Brazil*

Cip-Brasil. Catalogação na publicação.
Sindicato Nacional dos Editores de Livros, RJ.

| | |
|---|---|
| B753a | Bosco, Federica, 1971 |
| | O amor não é para mim/ Federica Bosco; tradução Roseli Dornelles dos Santos. — 1. ed. — Rio de Janeiro: Bertrand Brasil, 2014. |
| | 280 p.; 23 cm.    (A aventura sentimental de Monica; 2) |
| | Tradução de: L'amore non fa per me |
| | Sequência de: Sou louca por você |
| | Continua com: O amor me persegue |
| | ISBN 978-85-286-1775-7 |
| | 1. Romance italiano. I. Santos, Roseli Dornelles dos. II. Título. III. Série. |
| 14-09056 | CDD: 853 |
| | CDU: 821.131.3-3 |

Todos os direitos reservados pela:
EDITORA BERTRAND BRASIL LTDA.
Rua Argentina, 171 — 2º andar — São Cristóvão
20921-380 — Rio de Janeiro — RJ
Tel.: (0xx21) 2585-2070 — Fax: (0xx21) 2585-2087

Não é permitida a reprodução total ou parcial desta obra, por quaisquer meios, sem a prévia autorização por escrito da Editora.

Atendimento e venda direta ao leitor:
mdireto@record.com.br ou (0xx21) 2585-2002

*Para você*

*Fatal Flaw* (Defeito Fatal):
O apego obstinado da personagem em manter um sistema de sobrevivência cuja utilidade é ultrapassada e inútil.
Dara Marks (editora)


Todas as formas se consomem com o desgaste do tempo; envelhecem, adoecem, se estilhaçam e viram pó.
A menos que mudem.
Carl Gustav Jung

# Agradecimentos

Desta vez, os agradecimentos foram mais sentidos e reduzidos ao mínimo como nunca.

Agradeço ao meu editor, Raffaello Avanzini, por não ter mudado o título do livro e por ter escolhido uma capa maneiríssima (às vezes eu também sou anos oitenta!); a Roberto Galofaro por ter procurado, junto comigo, poemas "que não embrulhassem o estômago do editor com ondas de dor", dor essa causada pelo preço dos direitos autorais!

Agradeço à minha mãe e ao meu irmão por estarem sempre presentes e por continuarem a me tratar como a "velha Fede"; ao meu pai por (palavras suas) "me fornecer sempre material novo para os próximos livros" (agora só lhe falta trocar de sexo!).

Aos meus amigos, fonte de inspiração contínua, que me acompanharam fiel e pacientemente durante este ano, comparecendo a todos os lançamentos (imagine que saco): a Alessia Pastore, que sabe acender cigarros com os dedos dos pés e limpar um carburador; a Ale Phibbi, que me concedeu o usufruto das palavras "prejudicado", "pavonear" e "trapalhão"; a Cesare Bindi por ter me acompanhado por um bom trecho da estrada; e um agradecimento especial ao dr. Gabriele Melli, pela enorme contribuição que deu à minha vida.

Agradeço, naturalmente, a todos os fãs do meu blog, que se tornaram uma grande e excêntrica família.

# UM

*... Às vezes a vida parece o desenho de um louco...*

Estou de pé, com o telefone na mão, e do outro lado da linha está aquele que, até seis meses atrás, eu considerava o homem dos meus sonhos (mesmo ele sendo noivo), que me seduziu e abandonou e, não satisfeito, se casou com a já mencionada noiva para descobrir, na lua de mel, que ela é lésbica.

Agora, que o taxista está me esperando lá fora para me levar ao aeroporto, de onde vou viajar para Edimburgo para me encontrar com o homem que me ama de verdade, justo agora, ele (David) me liga, como se não fosse nada demais.

E eu, que deveria simplesmente ter imitado a voz da empregada e dizer: "Os donos viajou, aqui vazio, eu limpar", estou em pânico total, como se John Lennon tivesse me ligado para dizer os números que devo jogar na loteria!

Por que estou suando desse jeito?

O taxista continua buzinando. Estamos mega-atrasados, eu já deveria estar fazendo o check-in munida de:

- calmantes para o voo;
- 15 revistas;

- água em spray para não ressecar o rosto (como fazem Donatella Versace e Naomi Campbell);
- santinho com a figura de São Cristóvão, protetor dos viajantes.

Mas, em vez disso, ainda tenho que acertar as contas com o destino.

— Alô, Monica, você ainda está aí ou desligou?

— Alô... sim, estou aqui, ahn... como vai, David?

— Não tenho muito do que me queixar. Ouça, o que você acha de sairmos para comer uma pizza hoje? Sei que seu namorado está fora da cidade...

Meu namorado, Edgar, é primo da ex-mulher lésbica de David, mas só descobri isso no casamento deles.

Uma pessoa precisa vir até Nova York para se sentir no set de uma novela mexicana tipo *A escrava Isaura*!

— David, estou de partida para Edimburgo, vou para a casa de Edgar.

— Está de partida? Agora? Ok, não saia daí, vou levar você.

— Não, Dav...

Desligou.

Ai, meu Deus, que pesadelo, estou sempre à mercê de algum homem.

Saio para dizer ao taxista paquistanês que pode ir embora, e essa brincadeirinha me custa 35 dólares, além da gorjeta.

E aqui estou eu, no meio da rua, com três malas enormes, uma delas cheia de sentimento de culpa, e ainda corro o risco de perder o avião.

Meu celular toca. É Edgar.

Por que me sinto constrangida de repente?

— Oi, amor, como você está? — me ouço dizer, sendo muito cara de pau.

— Ei, você está animada. Feliz por viajar?

— Ah, sabe, já não há mais motivo para ficar aqui, desde que os amigos que dividiam o apartamento comigo foram embora, e depois você...

— Daqui a pouco nos vemos, não vejo a hora.

— Sabe que eu morro de saudades de você?

— E eu de você, gatinha.

Vejo David virar a esquina com o seu BMW azul e meu coração começa a bater como louco.

Estúpido músculo involuntário.

— Ah, chegou o... táxi... Eu ligo depois, Ed.

Aí está ele... não tem jeito, é tão bonito, maldito seja. Louro, alto, olhos verdes, um corpo de enlouquecer, e sempre um adorável sacana!

Ele sai do carro e executa um dos seus famosos abraços com voltinha, do qual me desvencilho.

— Ia viajar sem me dizer nada?

— Pensava que você estava em lua de mel, sabe como é... — Oops... talvez fosse melhor evitar lembrá-lo desse assunto.

— Sim, uma lua de mel surpreendente... Imagino que você ficou sabendo.

— Eu li sobre o assunto na *Page six* do "New York Post"...

— Claro, é bom ter amigos jornalistas...

Parece estar tranquilo, considerando-se o golpe que levou recentemente.

David pega a minha bagagem e põe no carro, seu bíceps desponta da manga da camiseta azul, e me viro rapidamente para o outro lado, tentando insistentemente pensar em Edgar, mesmo que há alguns dias seja difícil me lembrar do rosto dele.

É até normal, acho, já que ele partiu de Nova York há mais de dois meses. Creio que alguém já disse que, quanto mais você ama uma pessoa, mais dificuldade tem de se lembrar do rosto dela.

Ou talvez eu tenha dito isso...

Entro no carro, tomada pela ansiedade. Não suporto não poder controlar as coisas e acabo nunca controlando nada. Eu já deveria estar no aeroporto, fazendo um lindo chororô de despedida, mas ainda estou aqui, com David. Será que é um erro da Matrix?

— Você vai direto para Edimburgo?

— Na verdade, vou ficar duas semanas em Roma para visitar a minha família, depois vou para a casa de Edgar; sabe, ele vai publicar o meu livro e há boas perspectivas de trabalho.

— O seu livro *O jardim dos ex*?

— É, esse... Como você consegue se lembrar do título?

— Lembro tudo sobre você.

Que patife...

Quanto falta para essa merda de aeroporto?

— Fico contente que você esteja com Edgar ele é um cara muito legal.

— É verdade, tenho muita sorte.

— Pena que ele seja um pouco velho para você.

— Quarenta e oito anos não é tanto assim.

— Quarenta e nove em fevereiro, e você vai fazer 32, se não me engano...

— Que foi, virou seguidor da Cabala?

— Ah, só estou dizendo... Um cara de 50 anos pode ser, bem... um pouco maduro.

— E daí? Ele sabe como me fazer feliz! — respondo, irritada demais para acreditar.

— Claro, não estava querendo dizer isso.

Silêncio.

Eu sabia que era uma péssima ideia deixar David me dar carona.

— E você? Como vai a vida? — digo com uma pontinha de sarcasmo.

— Achava que ia ser pior, para dizer a verdade. Eu sempre soube que Evelyne era estranha; além do mais, estávamos juntos há muitos anos, e as famílias, muito envolvidas e intrometidas, não nos deram outra escolha a não ser casar. Talvez ela tenha tido vontade de se livrar de todos de uma só vez.

— Como a família encarou tudo?

— Bem, uma família respeitável de Nova York sabe engolir um sapo com classe. Mandaram Evelyne para uma terapia de grupo na Suíça, mas continuamos amigos. E você?

— Eu o quê?

— Você e Edgar. Por que é que você vai morar lá?

Tento não cair na armadilha da provocação.

— Ele vi-ve e tra-ba-lha "lá".

— E você vai cuidar da casa?

— Já disse, tenho boas propostas de trabalho.

— Mas você sabe como a Escócia é?

— Verde.

— E sabe por quê?

— Porque chove muito.

— Todos os dias, e se come mal, e não dá para entender nada quando falam.

— Eu entendo Edgar!

— Sim, claro! Você vai ver quando ele estiver no segundo caneco de cerveja; sem contar que vai morar num lugar completamente novo com um homem que conhece há menos de três meses!

— Acho que o fato de conhecer sua mulher por mais de dez anos não foi muito útil a você!

— Ok, desculpe, você tem razão.

Não entendo o motivo desse fogo cruzado. Meu Deus, como o odeio!

Finalmente, o aeroporto.

O avião vai partir dentro de quarenta minutos, não vou ter tempo de fazer nada, e, se a polícia quiser, vão me revistar até naquele lugar. Não quero que me revistem naquele lugar!

David para o carro diante do terminal de embarque.

— Fique calma, vai conseguir pegar o avião, ou então pode pegar o próximo.

— Não, obrigada, a conversa foi tão agradável que até um minuto a mais poderia acabar comigo.

— Mas o que foi que eu disse?

— Nada, David — digo, descendo e indo abrir o porta-malas.

— Você está zangada? — pergunta, enquanto coloca a bagagem em um carrinho.

— E por que estaria? Por que você voltou do nada para colocar em dúvida as minhas certezas?

— Mas se são certezas nada vai poder colocá-las em dúvida, não acha?

— Vá se ferrar — digo entredentes.

Empurro com nervosismo o carrinho em direção à entrada e David me pega pelo braço. Viro para ele.

Ele me olha por um longo instante, depois coloca a mão na minha nuca e beija meus lábios (sem língua, como Rhett Butler e Scarlett O'Hara).

Ai, ai.

Fico imóvel por alguns segundos, depois olho para baixo, me viro, pego o carrinho e recomeço a empurrá-lo de cabeça erguida e com determinação, em direção ao terminal de embarque, como se não fosse nada ser beijada por alguém que é uma mistura de Brad Pitt com Colin Farrel.

— Monica!

Finjo não ter ouvido e continuo a andar.

— Monica!

Giro o corpo, aborrecida.

— O QUE FOI?

— O check-in — diz ele, piscando — fica do outro lado!

Depois de uma corrida alucinada e uma revista até que suportável, finalmente me acomodo no avião. A salvo. Mais ou menos.

Assento 23B, corredor. Na janela faz mais frio e fico com mais medo.

O avião decola: é a parte que mais detesto. Cravo as unhas nos braços da poltrona, faço longas inspirações tentando visualizar o paraíso e invejo todos que riem e olham para fora.

Gostaria de me despedir de Manhattan e dizer-lhe que vou sentir saudades, mas não consigo olhar para baixo.

Finalmente as comissárias trazem bebidas, peço um copo de vinho branco, que naquela altitude tem o efeito de uma paulada na têmpora. Engulo dois Valium, coloco uma máscara sobre os olhos e vamos ao sono dos justos.

Para dormir, repito sem parar o nome do meu querido amor: EdgarEdgarEdgarEdgarDavidEdgarEdgarEdgarEdgar Dav...

— Ei!... Mas que negócio é esse?! — digo retirando a máscara dos olhos. — Como aquele pedaço de mau caminho petulante se atreve a entrar nos meus pensamentos sem bater?

A senhora sentada ao meu lado me olha com ar interrogativo.

— Edgar é um homem extraordinário, carinhoso, calmo, confiável.

— *Señorita, no le entiendo.*

— Sim, é verdade, não o conheço muito bem, mas ele também não me conhece muito bem.

— *¿Habla español?*

— Ele me apoiou, me encorajou a escrever, me protegeu, e foi aí que percebi que estava apaixonada por ele...

— *Estás loca...*

— ... Até que um dia ele viajou de repente para Edimburgo por causa de problemas na editora, e os meus colegas de apartamento, Mark e Sandra, decidiram ir morar nas Bahamas com a filha dela, e eu senti o mundo cair em cima de mim...

— *Mi hermana se llama Carmela y vive en Puerto Rico...*

— Uma noite bebi demais e caí no rio, e me pescaram por milagre...

— *... Y tiene una hija que se va a casar en Roma hoy, pero su futuro marido es un estúpido y además es gordo...*

— ... A ex-mulher de Edgar morreu do mesmo jeito, o carro dela saiu da estrada...

— *¡Y está convencida que lo ama!*

— Ele não lidou bem com isso quando contei, mas depois entendeu a minha atitude estúpida e me pediu para ir morar com ele...

— *... Siempre le he dicho que se debería casar con un hombre de su propio país...*

— ... E eu aceitei imediatamente. Não vejo por que deveria ter dúvidas!

— ... *Por qué la vida es muy difícil y si no estás convencido de lo que haces, es mejor no hacerlo.*

— ... Ele é especial, realizou os meus sonhos...

— ... *Pero tú no estás enamorada!*

— E eu o amo...

— ¡*Si ya... claro que no!*

Coloco de novo a máscara sobre os olhos e desta vez apago no ombro da senhora. Até em casa.


*Home sweet home.*

Aeroporto de Roma, que rima com a maior zona.

Sol, céu azul, gente que perdeu a bagagem, e meu pai, que veio me pegar com a nova mulher (que acabou de atingir a maioridade).

Ele parece dez anos mais jovem, está até com mais cabelo. No carro, eles me informam sobre as magníficas novidades.

— COMO ASSIM O PROGRAMA DO MAURIZIO CONTANZO NÃO EXISTE MAIS??? Vocês estão brincando?? — grito.

— Não, há um bom tempo que não existe mais, agora passa na tevê digital. Por que está perguntando?

— É que... escrevi um livro e queria lançá-lo lá...

— Você escreveu um livro? — Meu pai ri.

— Sim, qual é a graça? Escrevi um livro que vai ser publicado na Escócia!

— Na Escóóóciaaa? — repete Lavinia.

— Sim, bem, o meu nam... quer dizer, o meu editor, que eu conheci em Nova York, publicou o meu romance e daqui a algumas semanas vou para Edimburgo para o lançamento.

— Ah, bom — replica meu pai.

Só isso? Ah, bom?
Pfff!
Ok, ligo para Edgar.
Telefone desligado...
— Oi, amor — finjo. — Siiim... Tudo bem, estou com meu pai e Lavinia... Sim, devo viajar daqui a umas duas semanas... Ok... Tchau... tchau.
— Então você tem namorado? Não é incrível? — diz meu pai.
— Por que é incrível? Por acaso eu tenho seis braços?
— Não... É que às vezes você é... — diz Lavinia — ... esquisita.
— É verdade — repete meu pai, tentando desviar de uma Vespa —, você é esquisita!
— Ah, é? Será que sou mesmo esquisita?
— Sim, ninguém sabe exatamente o que você quer, age como uma garotinha. Você é engraçada, mas não se comporta como uma mulher madura.
Faço beicinho na hora. O que mais tenho que fazer para deixá-los contentes?
... Fico me imaginando em uma toga, recebendo o Prêmio Nobel da Paz...
— Bem, escrevi um romance, tenho um namorado em Edimburgo, o que mais tenho que fazer?
— Ah, sei lá, uma carreira promissora... filhos...
Que sacooo...


Chegamos em casa.
Vovó está nos esperando. Como é meiga; não muda nunca, com os impecáveis cabelos presos e avental na cintura.

— Preparei berinjela à *parmigiana* como você gosta, está feliz?

Eu a abraço. Que sensação boa, ela tem cheiro de avó: um perfume misto de *Cera di Cupra*\* e água de rosas.

— Sabe lá que tipo de porcaria andou comendo por lá... aqueles hambúrgueres com hormônios... É verdade que nos Estados Unidos todo mundo é obeso? — diz, com seu sotaque romano.

Ela me faz comer como se eu viesse da guerra, e, entre *polpettone*, batatas e sobremesa, não consigo mais me mexer.

Terminada a euforia inicial da volta para casa, já começo a experimentar uma sensação incômoda, como se fosse uma hóspede. Não tenho nada pra fazer. Estou em casa, mas não me sinto em casa.

Meu coração está um pedaço aqui, um pedaço nos Estados Unidos, um pedaço na Escócia, e se David não me tivesse confundido as ideias, eu certamente estaria melhor. Além do mais, para que aquele beijo no aeroporto? Como se fosse servir para alguma coisa...

Ligo de novo para Edgar.

— Alô?

— Gatinha, que bom! Você não me ligou mais, estava preocupado!

— Não consegui sinal, sabe, estamos na Itália, temos que contar um milagre...

— E aí, quando chega? Todo mundo quer conhecer você!

— Logo, acho que não vou aguentar as duas semanas previstas, aqui as coisas são perfeitas demais para o meu gosto.

---

\* Linha de cosméticos italiana à base de cera de abelha. (N. T.)

— Quando decidir vir embora, só precisa dizer a que horas vai chegar!
— Ok.
— Tchau, amorzinho!
— Tchau, tchau.

Fico observando meu pai e sua companheira. Meu Deus, que loucura, a única lembrança que tenho do meu pai sorridente é em uma foto Polaroid dos anos 1800, e nem tenho certeza de que não era uma risada de deboche. Mas agora ele parece um garotinho.

À noite, durmo no meu quarto, o mesmo de quando minha mãe também morava aqui.

Há alguns pôsteres colados na parede: um de Holly Hobbie e outro de um gatinho pendurado num galho, escrito "Oh shit!", alguns livros do ensino médio e velhas fotos de mim e dos meus amigos, que já estão todos casados e com filhos.

Amanhã vou ver minha mãe e depois parto.

Que Deus me ajude... e não mande problemas!


Minha mãe sorri para mim e parece contente em me ver.

Desde que se separou de meu pai, não teve mais ninguém, e vive para se vingar dele e de todas as suas mulheres (principalmente das que ele tinha durante o casamento).

É a mulher mais ansiosa e exigente do mundo. Nem me pergunta como vão as coisas e vai direto ao ponto.

— Você viu seu pai?
— Sim.
— E com quem ele estava?
— Lavinia.
— Caramba, virou monógamo!

— Parece que sim.
— Acho que não vai durar.
— Ah, é? E por quê?
— Foi o que Rita me disse, ela fez o mapa astral dele.

Deus Todo-poderoso, não acha que já me castigou o bastante? O que mais quer fazer comigo? Por favor, faça com que ela diga que não é a minha verdadeira mãe, que sou filha de dois chineses que não tenho a mínima possibilidade de rastrear...

— Se a poligamia fosse uma modalidade das Olimpíadas, seu pai ganharia medalha de ouro!
— Ele me parece sossegado.
— Você está sempre do lado dele.
— Só porque não sonho em matá-lo de algum jeito horrível não quer dizer que esteja do lado dele e, aliás, por que eu deveria estar do lado de alguém?
— Os filhos estão sempre de um dos lados.
— E onde você ouviu isso, na televisão?
— São as estatísticas que dizem.
— Mamãe, vocês se divorciaram há 23 anos, não está na hora de enterrar essa história? Você cultiva rancor há tanto tempo que já deve ter uns 15 hectares! Nem Kill Bill é tão rancorosa quanto você!
— Rita diz que mais cedo ou mais tarde ele vai voltar.
— Mas Rita diria qualquer coisa para fazer você ficar calada. Ah, mamãe, refaça sua vida! — Depois eu fico me perguntando por que é que não sou uma pessoa sentimentalmente equilibrada...
— Quanto tempo você vai ficar?
— Vou embora amanhã, se achar um voo.
— Como, amanhã?

— É verdade, deveria ir embora hoje, mas acho que não vou conseguir.

— Como quiser.

— Meu quarto está desocupado?

Desde que saí de casa, minha mãe aluga meu quarto para estudantes.

— Não, tem uma francesa lá.

Sofá...

Enquanto preparo um café, deliberadamente lhe pergunto algo que sei que vai me irritar.

— Alguém se casou ultimamente, mamãe?

— Laura.

No ensino médio, dizíamos que, se ela se casasse, até uma cadeira se casaria.

— Com um rapaz bonito, bom, estável, sério e muito rico.

— E onde ela o encontrou, no museu de cera?

— O que você quer dizer?

— Você disse estável e sério e me veio à mente o museu *Madame Tussauds*.

Silêncio.

Decididamente o meu humor inglês não é apreciado nesta casa.

— Pode me dizer o que está esperando para dar um jeito na vida e me dar um neto?

— Tchau, mamãe, vou até a agência de viagens!

Saio, extremamente irritada.

Será possível que os meus pais não tenham outro assunto para falar? O grau de maturidade ou de realização de uma pessoa não se mede com filhos.

Entro em uma agência de viagens e peço um voo de última hora para Edimburgo. Não vejo a hora de sair daqui.

Irei morar com Edgar, meu livro será publicado, vou trabalhar com ele na editora e serei a mulher do chefe.

Todos vão me olhar com respeito e inveja.

Vou chegar no escritório às onze e passar pela porta vestindo um tailleur cinza da Hermès, e um bando de secretárias e assistentes vai correr atrás de mim para me informar sobre os compromissos.

Eu vou dizer apenas:

— Susan, o meu café, por favor... e sem leite!

Susan vai abaixar a cabeça e dizer somente:

— É pra já, Miss Monica.

— Não há nenhum voo econômico para Edimburgo até a próxima semana. — A voz da moça da agência me desperta bruscamente.

Não posso ficar aqui uma semana, na casa da minha mãe... Vou morrer!

— E quanto custa o voo de amanhã?

— Quatrocentos e cinquenta euros mais as taxas de embarque.

— Mas que voo barato, hein?! — exclamo sem querer.

A moça, arrumadíssima, com seu rabo de cavalo que parece ter sido esculpido em pedra, ergue por um instante a sobrancelha esquerda em sinal de desagrado.

Quatrocentos e cinquenta euros é bastante dinheiro, mas quanto antes eu partir, mais rápido vou poder começar minha nova vida. E, com o que vou ganhar, poderei me recuperar logo.

— Ok — digo com indiferença, para não parecer uma pedinte —, fico com esse.

Ao sair, vejo em uma loja uma linda blusa de caxemira azul, que ficaria muito bem em Edgar.

Hum... 50 euros... Bem, com o que vou ganhar por lá, quem sabe quantas blusas vou poder dar a ele; aliás, vou aprender a tricotar com as minhas próprias mãos, como Gwyneth Paltrow e Kate Moss.

Agora vou precisar de uma jaqueta para mim e também de sapatos impermeáveis para chuva e calças.

Afinal de contas, é um investimento, já que precisarei dessas coisas o ano inteiro.

As lojas já estão com a nova coleção outono/inverno, e isso vai me deixar muito *trendy*, e, quando Edgar for me apresentar para a família, vão dizer que estou muito bem-vestida, mas que as italianas sempre têm bom gosto. Gastei só 800 euros com um par de sapatos e uma jaqueta marrom-escuro, que não é muito quente, mas me faz parecer mais magra e muito mais alta. Até a vendedora disse isso.

De qualquer modo, dizem que fazer compras é antidepressivo, e já não estou mais irritada com a minha mãe. Amanhã é o grande dia.

Fiz bem em não desfazer as malas. Ligo para Edgar para avisá-lo da minha chegada iminente.

— Alô, amor?

— Sim, quem está falando?

— Como, "quem está falando"? Sou eu, Monica!

— Ah, desculpe, meu bem, não tinha reconhecido o número.

— O número vá lá, mas quantas outras te chamam de amor?

— Ah, não, desculpe, não tinha escutado.

Mas veja só... passou a minha vontade de lhe dar a blusa...

— Queria dizer que vou chegar amanhã, lá pelas duas, se estiver bom para você...

— Amanhã às duas, é?... Espere que vou olhar a agenda... humm, é, Monica, infelizmente amanhã nesse horário vou estar do outro lado da cidade.

— Mas você disse que era só dizer o dia e você viria.

— Sim, é verdade, mas amanhã vai ser uma correria. Você não poderia adiar por alguns dias?

— Por alguns d... claro que não posso, o voo custou uma fortuna.

— Humm, ok, vou ver o que posso fazer, senão mando alguém te pegar.

Eu queria não dizer isso a ele, mas não aguento:

— Você não parece muito animado!

— Ah, Monica, não comece, você sabe que não vejo a hora de encontrá-la, mas tenho uma montanha de trabalho, quando chegar você vai poder ver.

— Sim, claro — digo, já com um nó no estômago.

— Vamos, não faça assim, já disse que vou tentar ficar livre.

— Sim, ok, até amanhã.

Pois é, nesses momentos é que percebo a minha fragilidade e todas as minhas inseguranças, sinto imediatamente aquela espécie de aperto no estômago que me faz imaginar o pior e me impede de ver a realidade.

Na verdade, ele está ocupado e não pode ir me pegar, não disse "vou te deixar porque amo uma garota de 18 anos".

Como é, então, que está me parecendo a mesma coisa?

* * *

Na cozinha, minha mãe está fritando flor de abóbora e frango. Ela sabe que eu adoro.

Ponho a mesa no terraço, embaixo da pérgula de buganvílias.

Ela cuida bastante das suas plantas. Há vasos de gardênias, jasmins, rosas.

Meu pai dizia que ela cuidava mais das plantas do que dele, e ela respondia que as plantas lhe davam mais satisfação.

E isso já acontecia em 1975...

É uma noite fresca de verão, daquelas que fazem você sentir uma pitada de nostalgia.

Sento à mesa e observo minha mãe cozinhando. Prepara o jantar com gestos rápidos, o rosto corado cheio de tristeza. De vez em quando afasta uma mecha de cabelo do rosto com o braço, enquanto mexe a fritura.

Se ela não tivesse permitido que o rancor tomasse conta da sua vida, agora seria uma mulher feliz. E talvez eu também fosse mais segura de mim.

Finalmente ela vem para a mesa, sorridente, com uma bandeja fumegante nas mãos.

Como me faz falta uma situação normal, assim como me fazem falta coisas com as quais contar, certezas simples. Simples como frango frito.

Sentamos em silêncio e lhe sirvo o vinho quente. Coloco uma garfada na boca e sou envolvida pelas lembranças e pela melancolia, exatamente como na história de Proust com a madeleine, quando o tempo era só uma coisa para matar, nas tardes abafadas de verão, e eu ainda não tinha sido tomada pela inquietação e pela ânsia de fugir de tudo e de todos.

— Vai viajar amanhã?

Gostaria de dizer que não.

O Amor Não É para Mim

Neste momento, gostaria de ser pequena, jogar os braços em volta do pescoço dela, ficar na ponta dos pés e dizer: "amo você, mamãe, você nunca vai me deixar, né?"
Em vez disso, digo:
— Sim, achei um voo.
— E para onde você vai?
— Para a casa de... um... amigo.
— Um amigo?
— Não é bem um amigo, mas já chega.
— É o seu namorado?
— Não é bem meu namorado.
— Mas, afinal, Monica, o que você está querendo dizer?
— Ele é um tantinho mais velho do que eu.
— Como seu pai e Lavinia?
— Não, um pouquinho menos.
— Bem, espero que saiba o que está fazendo.
Na verdade, não sei. Tenho uma necessidade urgente de fincar raízes em algum lugar. Definitivamente.
E criar, criar, criar.


Chego em Edimburgo e está chovendo.
Melhor: se esse é o clima, vai ser bom eu me acostumar logo com ele, mesmo que se acostumar com a variação térmica do deserto de Gobi no intervalo de quatro horas seja humanamente impossível.
E tenho milhares de horas de fuso horário no meu sistema nervoso. Estou batendo os dentes e a minha esplêndida jaqueta de pele de girino, de 50 euros, não esquenta nada. Fico imaginando quem virá me pegar.

Enquanto espero a minha mala, abro um pacote de biscoitos Walker que me deram no avião. São fantásticos, pura manteiga, óleo de palma e gordura hidrogenada. Talvez eles me aqueçam.

Inclino a cabeça para trás e "bebo" todos os farelos que ficaram no pacotinho, mas um farelo fica atravessado e inicio a tossir como uma louca, meus olhos lacrimejam e eu começo a sufocar.

Tusso nas mãos, dobrada em duas, entre baba e farelos, até que sinto alguém bater com força nas minhas costas. Me viro, roxa, melecada e babando, e vejo Edgar diante de mim.

— Tá certo que chove demais, mas não é um bom motivo para tentar o suicídio! — diz, enquanto me oferece um lenço limpo.

— Eeeee. — É tudo o que consigo dizer antes de recomeçar a tossir mais forte e rir.

Estou cuspindo pedaços de pulmão no chão.

Eu o abraço como posso, entre lágrimas, com coriza no nariz e espalhando farelos babados no ombro dele.

Que encontro cinematográfico, falta só a música dos *Flintstones*.

— Fez uma boa viagem, gatinha? Estou muito feliz com a sua chegada, há um século que não nos víamos!

— Sim — digo, abraçando-o apertado, e penso: "Deus do céu, eu imploro, mande um sinal para que eu saiba que cheguei, que este é o lugar certo, que ele é o cara certo e que não preciso procurar mais. Por favor... me sinto perdida."

Edgar pega a minha mão. Não parece verdade que estou aqui com ele. Ele perdeu alguns quilos e está com os mesmos cabelos desalinhados de sempre.

Entramos no carro, o assento está cheio de folhas, manuscritos e envelopes amarelos.

Tenho a impressão de que ele passa muito tempo no carro, há garrafas de água e caixas vazias de hambúrguer.

— Agora vou levar você para casa, infelizmente tenho que sair rapidinho para uma reunião, mas comece a se ambientar. Eu volto para o jantar e vou levar você a algum lugar para comemorar a sua chegada.

Sim... sim, esse é o sinal.

Um bipe avisa a chegada de uma mensagem no meu celular.

— Já tem admiradores na Escócia?

— Ah, não, deve ser a operadora me dando as boas-vindas — digo, dando uma olhada na telinha.

OPERADORA, O CARAMBA... É DAVID!

— Qual é a sua operadora?

— Hãã... a Cu... Chulainn. — Mas o que estou dizendo, esse é o herói nacional da Irlanda!

— O quê?

— Sei lá, está escrito em gaélico!

— Posso ver?

— Hã... ops... droga, apaguei!

Ai, mãe do céu, só consegui ler "Como você está, am..."

Seria "como você está, amor?". Mas o que há com os homens? Juro que nunca vou entendê-los!

— O que você tanto faz com esse telefone? — diz Edgar, aborrecido.

— Sim, desculpe, vou guardar o telefone, estou emocionada por estar aqui, parece que não é verdade.

— Tem razão, eu também me sinto um pouco estranho, é normal, temos que quebrar o gelo.

— É.
— É.

Estou ansiosa. Não que eu não esteja feliz de estar aqui, mas tenho medo de ter criado expectativas demais.
    É preciso paciência, é normal que eu me sinta pouco à vontade, é normal.

— Como você está, amor? — pergunta Edgar.
    — O... o que você disse? — Estremeço.
    — Eu disse: como você está, amor?
    — Como você conseguiu ler? — digo, irritada.
    — Ler o quê?
    — A mensagem.
    — Mensagem? Monica, está se sentindo bem? Você está estranha.
    — D-desculpe, só estou um pouco cansada.
    E sou uma imbecil, imbecil, imbecil!

# DOIS

A Escócia é extraordinária, verde, montanhosa, rústica e magnífica.

Os grandes edifícios em pedra, austeros e frios, são suavizados pelo verde e pelos sorrisos das pessoas alegres e hospitaleiras.

Deixamos Edimburgo e pegamos a autoestrada. Começamos a percorrer a Forth Road Bridge, uma ponte longuíssima que atravessa o mar e é uma impressionante obra de aço.

Depois de atravessar a ponte, chegamos à margem oposta, na qual costeamos o fiorde em alguns trechos.

— Estamos muito longe do centro, Ed?

— Do centro de Edimburgo, eu diria que, pelo menos, umas quarenta milhas.

— Tanto assim? — pergunto, desiludida.

— Não moro em Edimburgo, mas para ser mais prático, evito explicar isso toda hora, porque ninguém conhece o vilarejo.

— E como vou fazer para me deslocar?

— Você vai aprender a dirigir o carro, mas o ônibus é muito prático e para perto de casa.

Tomara que sim.

Depois de muitas ovelhas, castelos e corvos, chegamos ao vilarejo de Edgar.

Culross.

Como vou contar à minha família que saí de casa para ir morar em *Curroxo*?

Passamos por um velho portão aberto e entramos em uma longa estrada de terra batida, cheia de poças de água.

Não há muitas casas em volta; receio que aqui, de noite, a escuridão seja completa.

Depois de alguns minutos de estrada, aparece diante de nós uma grande casa de pedra, parcialmente coberta por hera e com o telhado pontiagudo. O jardim em volta é imenso.

Talvez tenha até um labirinto. Quero um labirinto!

— Aqui é a casa?

— Sim!

É um espetáculo, nossa casa é uma mansão (no meio do nada, mas de qualquer modo, uma mansão). Daqui se vê até o mar.

Saio do carro toda entusiasmada. Edgar me olha e sorri.

— Você gostou?

— Se eu gostei? É maravilhosa!

Já estou vendo a orelha da contracapa: Monica vive em um castelo na Escócia com o marido e os filhos, que a adoram, e é escritora em tempo integral.

— Não fica no centro, mas tem as suas vantagens!

Um cachorro vem na nossa direção, abanando o rabo.

— Esse é o Moz: é o cão menos "guarda" do mundo.

— Moz? Que nome estranho! Quem deu?

— Foi a Rebecca.

— Quem? Rebecca, a primeira esposa?* — Dou uma risadinha, acariciando o cachorro. Adoro citar filmes famosos.
— Sim, Rebecca... a "minha" primeira esposa.
— Oh... desculpe... não sabia... que coincidência... estranha. — Quero me jogar no fiorde e espero que o monstro do lago Ness me coma viva.
— Você não podia saber, Monica, eu nunca disse o nome dela.
— É. E eu nunca perguntei.
— Vamos ter tempo para nos conhecermos melhor, fique tranquila. — Ele vem para perto de mim e acaricia meu rosto.
— Desculpe, Ed, não queria ser insensível.
— Não foi nada. Vamos, entre, vou mostrar a casa.
Entramos.
O hall é escuro e os tetos são altos. Há dois grandes retratos na parede, devem ser os antepassados da família. À esquerda do hall ficam a sala e um pequeno escritório; à direita, a cozinha e um lavabo. A grande escada diante de nós leva até os quartos.
Largo as malas na sala. Há uma estante imensa que ocupa todas as paredes do cômodo, uma velha poltrona de couro no canto com um gato dormindo e a indefectível lareira. Já estou pensando nas noites fantásticas que passaremos aqui, trabalhando, conversando e lendo.
Da sala se chega a uma varanda que leva ao jardim. Ed me mostra o caminho.

---

* *Rebecca*, filme de 1940, dirigido por Alfred Hitchcock. No Brasil, foi chamado de *Rebecca, a mulher inesquecível* e, na Itália, *Rebecca, la prima moglie* (Rebecca, a primeira esposa). (N. T.)

O lugar está em grande estado de abandono, mas, de qualquer forma, é muito bonito, apesar de não ter um labirinto.

Mas podemos mandar fazer um.

Me sinto como uma criança na Disneylândia.

— Eu nasci aqui.

— Eu nasci em um condomínio, mas de vez em quando podia descer até o pátio, se alguém me acompanhasse; não era permitido aceitar balas de estranhos e às seis era a hora do toque de recolher.

— É mesmo?

— Ah, sim... nunca ouviu falar de Centocelle?

— Não.

— Já imaginava.

Eu o abraço e o mantenho junto a mim. Agora começo a reconhecê-lo.

Sinto que vou explodir de amor e felicidade.

Tudo é lindo, e eu começo a chorar de alegria.

— Gatinha... não chore...

— Estou bem — digo, enxugando as lágrimas —, estou bem, é que parece que sou Cristóvão Colombo quando chegou a terra... Prometo que... farei o impossível para te fazer feliz.

Ed me abraça mais apertado.

— Para me fazer feliz, você não tem que fazer mais nada além de estar aqui.

Sim... quem dera fosse tão fácil.

— Escute, tenho que voltar à cidade. Vá se acomodando, descanse, e eu volto para o jantar, certo?

— Certo.

Ele vai embora.

Respiro profundamente e olho em volta.

O gato branco enroscado na poltrona me olha desconfiado. Me aproximo para acariciá-lo, mas ele bufa e foge.

— Espere, vou adivinhar: você é o fantasma de Rebecca, que vai fazer de tudo para me deixar louca e no fim vai me empurrar pela janela do andar de cima e me fazer cair pela vidraça da estufa, e ainda vai fazer parecer um acidente!

Que perspectiva...

Subo ao andar de cima com as malas. O quarto é muito bonito, moderno, com uma cama com colchão duro, da maneira que eu gosto, e com travesseiros de plumas. A colcha é lilás e a cabeceira da cama é de tecido cinza. O meu namorado tem bom gosto.

Hoje à noite eu e Edgar vamos dormir juntos pela segunda vez.

É. Fizemos amor só uma vez, quando ele me levou a Cornish para ver Salinger.

Nem lembro mais como foi.

Pensei em vestir algo sexy, mas faz tanto frio!

Enquanto desfaço as malas, escuto a porta de entrada se abrindo.

Meu coração dá um pulo. Quem pode ser?

— Eddy, é a mamãe, você está aí?

Mamãe? A mãe dele? Ai, meu Deus, não tenho coragem de conhecer a mãe dele sozinha e sem uma preparação adequada!

Caramba, o que vou fazer?

Eu a ouço subindo as escadas.

Vou fingir que estou dormindo. Deito na cama e me encolho.

Ela abre a porta.

— Ops... ela está dormindo — cochicha.

Eu a escuto abrindo o armário e sinto que coloca uma coberta sobre mim. Que fofa, já gostei dela.

Ela fecha a porta e desce. Depois de poucos segundos, ouço também a porta de casa se fechando.

É verdade, me comportei como uma debiloide, mas as mães são o osso duro de roer em um relacionamento; se erramos uma vez, é o fim. Se elas adorarem você, ficarão do seu lado. Mas, se decidirem que você não é adequada, vai ser uma guerra; uma guerra fria, longa e frustrante, e já perdida desde o início.

Passado o perigo, levanto e ponho o nariz para fora com cautela.

Não tinha notado antes que há um lindo corrimão, perfeito para escorregar ao longo de toda a escada.

Tenho que experimentar, há vinte anos que não faço isso!

Sinto um arrepio de prazer infinito.

Subo no corrimão e me preparo para descer (meu Deus, tenho quase 40 anos!).

E lááááá vou eu, escorregando até o fim da escada, onde aterrisso perfeitamente em pé. Me viro como uma atleta russa, com uma pequena e amável reverência...

Na frente da mãe dele.

— Você deve ser a Monica, não é?

— Não... Sou a irmã bobalhona de Mary Poppins... Aquela que fugiu do hospital psiquiátrico...

Ela ri.

É uma mulher baixa de cabelos presos e óculos; tem uma linda pele lisa e olhos iguais aos de Edgar.

Veste uma blusa de lã verde-escura e saia, nem precisa dizer, escocesa.

— Não conte a Edgar, mas eu também fazia isso antes de operar o quadril!... Bem-vinda, Monica, eu sou Margareth... Você aceita uma xícara de chá?

Oba! Mãe conquistada, paz assegurada.

Ela mostra o caminho até a cozinha e prepara o chá.

— Fez uma boa viagem?

— Sim, muito tranquila, apesar de eu odiar aviões.

— Oh, eu também! Me dão um medo! Nunca vou acreditar que são um meio de transporte seguro!

Ela tem um ar muito reconfortante, mas parece ser uma mulher enérgica, que sabe o que faz.

Vou me dar bem aqui.

— Vai se dar bem aqui, Monica, vai ver.

Eles devem ter poderes paranormais nessa família.

Depois do chá, Margareth vai embora e eu fico de novo sozinha nesta casa grande. O vento começou a soprar e faz muito frio.

Agora me lembro de que ainda não li a mensagem de David "Como você está, am".

Abro o celular e leio: "Como você está, amiga dos duendes?"


Termino de desfazer as malas, mas as horas não passam nunca.

A TV não pega direito, dou mais umas escorregadas pelo corrimão, mas na terceira vez me sinto uma idiota, então vou dormir de verdade.

E sonho.

Sonho que estou exatamente ali, naquele quarto, e estou dormindo; acordo e aperto o interruptor, mas a luz não acende, e o meu coração começa a bater forte.

Sento na cama, insisto apertando o interruptor mais algumas vezes, mas sem sucesso. Fico assustada, talvez eu esteja cega.

Levanto e ando no escuro, com os braços estendidos; toco as paredes, tateando, procurando uma porta ou janela para abrir e ver alguma coisa, mas nada; estou com os olhos arregalados e não vejo nada, nadica de nada.

Meu coração dá batidas fortes e lentas, e o ruído é ensurdecedor. Sinto que ha alguém no quarto comigo, mas não sei quem é nem onde está, e a minha voz não sai da garganta; não sei mais se estou sonhando ou não.

Agora chega, quero acordar, mas como faço, estou perdida no meu labirinto.

— Dorminhoca... — Uma voz longínqua entra no meu sonho. — Vamos, Monica... Acorde! São quinze para as nove... Não está com fome?

Abro os olhos e levo alguns segundos para lembrar onde estou e espantar a sensação desagradável do sonho.

Edgar acaricia os meus cabelos e sorri.

— Você está bem?

— Humm... acho que sim.

— Hoje eu faço o jantar, você gosta de salmão?

— É uma piada?

— Não, não, é verdade. Salmão e muçarela no forno é o meu prato especial.

— Com geleia?

— Geralmente sirvo com sorvete, mas se você prefere geleia, tem uma de frutas silvestres. Você também vai aprender a fazê-la e vamos comê-la com pão fresco, que você vai preparar toda manhã depois de ordenhar as cabras!

— Nós temos cabras?

— Compraremos.

Eu trouxe uma garrafa de vinho tinto para brindar à minha chegada; tiro-a da mala e a passo para Edgar. Mas ele nem mesmo a segura, e me diz que não pode beber.

— Mas é uma ocasião especial, não quer brindar comigo?
— Gostaria, mas não toco mais em álcool, você sabe.
— Mas pelo menos você pode segurar a garrafa?
— Não, não toco em álcool no verdadeiro sentido da palavra.
— Mas é só uma garrafa!
— Eu sei, mas é mais forte do que eu, não toco nem no saca-rolhas!
— Acho que você está exagerando.
— Talvez, mas não posso fazer nada.
O meu noivo é um maluco abstêmio!
E essa agora... Com quem vou beber para poder passar as longas noites escocesas, contando anedotas de caça à raposa e pesca com mosca... Com a mãe dele?
— Edgar, sua mãe bebe?
— Sim, ela sim.
Ainda bem.


Depois do jantar, assistimos televisão abraçados no sofá. Ainda não enfrentamos os dois assuntos mais importantes: sexo e trabalho.
Vou começar pelo sexo.
— Vamos para a cama?
Ed me olha surpreso e diz:
— Claro.
Já no quarto, nos jogamos na cama, nos abraçamos, nos beijamos e nos acariciamos e...
— Ed?... Você tem preservativos?
— Humm... não, Monica, não pensei nisso, mas tomo cuidado.

— Sabe quantos filhos do senhor "Tomocuidado" existem no mundo?

— E como vamos fazer?

— Amanhã você compra.

— Mas na farmácia do vilarejo todos me conhecem, vou ficar com vergonha!

— Em Edimburgo?

— Humm... Ok, mas eu detesto esses negócios, me apertam, não sinto nada e talvez seja até alérgico.

— Nesse caso vou mandar esterilizarem você, como se fosse um gato. Boa-noite!

E me viro.

Se em menos de três horas já descobri que ele não bebe e não usa preservativos, nas próximas, vou descobrir que é sonâmbulo e celíaco.


O despertar é um pouco brusco. Ed tem que levantar ao amanhecer para ir trabalhar e faz uma barulhada no banheiro.

Eu o ouvi soltar três puns.

Sempre tive medo que isso me acontecesse durante o sono, que o meu corpo relaxasse e começasse a emitir, sorrateiramente, uma série de peidos silenciosos e mortais, fazendo o edredom inflar como se fosse um dirigível.

E depois eu seria obrigada a negar.

Pum? Que pum? Não, não estou sentindo cheiro de pum. Talvez venha lá de fora...

Não falamos sobre trabalho nem do meu livro, mas não preciso ter pressa.

Ed bebe um café enquanto fala por telefone com o escritório.

## O Amor Não É para Mim

Que pena, esperava que pudéssemos tomar café da manhã juntos, com toda a calma, ler nossos jornais preferidos vestindo roupões macios, preparar torradas, ovos quentes e suco de laranja, e então sairmos juntos para começar o dia.

Em vez disso...

— Tchau, Monica, ligo mais tarde, um beijo.

*Blam*!

Paciência...

Vou sair e descobrir as maravilhas de Curroxo!

Me vesti como se fosse o auge do inverno, mas ainda é outono e já estou tremendo de frio. Fico pensando como será quando esfriar ainda mais.

Sinto um cheiro forte, como se fosse de enxofre ou de carvão.

É um lugar fascinante, um pequeno vilarejo debruçado sobre o mar, com casas de pedras amarelas e telhados vermelhos.

Agora vou ver Guinevere e o Rei Artur chegando a cavalo, mesmo eles não sendo escoceses...

Talvez eu veja Sean Connery!

Como é excitante!

Aperto o casaco em volta do corpo e começo a minha exploração.

O vento sopra frio e cortante, e começo a ficar com um pouco de fome.

Entro em uma pequena confeitaria.

A vitrine está cheia de tortas, biscoitos e grandes doces com cobertura e granulados coloridos. A senhora atrás do balcão sorri para mim, despreocupada com o bigodinho que lhe desponta sobre o lábio superior.

— Bom-dia!

— Bom-dia, querida, o que posso fazer por você?

Meu Deus, como são amáveis, hospitaleiros e amistosos aqui... Bem diferente da Itália!

— Eu queria... aquele... hum... muffin? É assim que se chama?

— Isso é um *scone*. Você não é daqui, não é, querida?

— Não, sou italiana.

— Aaaah, italiana! Minha filha esteve na Itália em lua de mel... Não deve ter lhe dado sorte, porque ela se divorciou! Ah! Ah! Ah! Não é, Magnus?

Dá uma pancada bem forte no ombro de Magnus, provavelmente seu marido, que parece um armário de quatro portas. Ele ri alto.

— Você está aqui de férias?

— Não, estou na casa do meu namorado.

— Namorado? Você tem um namorado em Culross? E como ele se chama?

— Edgar.

— Edgar Lockwood?

— Sim, a senhora o conhece?

— Claro que eu o conheço, todos nós o conhecemos, nós o vimos nascer! — responde secamente, me examinando da cabeça aos pés.

Magnus também parou de rir e deu uma tossidinha.

Pego o meu *scone*, pago e saio muito perturbada.

Ela foi mais simpática antes que eu lhe falasse sobre Edgar.

Depois do pão, vou comprar leite.

— Bom-dia, senhora. Vou levar uma garrafa de leite, iogurte e queijo.
— Bom-dia, você é nova por aqui?
— Sim, acabei de chegar.
— É turista?
— Não, vim morar com o meu... namorado.
— Com o seu namorado? E quem é?
— Edgar Lockwood.
— EDGARLOCKWOOD?
— Sim, Edg... ele — respondo, olhando para baixo.
— Mas ele não era casado?
— Exato... Era...
— Ah, bom... são três e setenta e cinco. Até logo!
Que modos.
Última etapa: o açougueiro.
— Olá, posso ajudar?
— Eu queria duas bistecas.
— Noto um pouquinho de sotaque, minha querida... De onde você vem?
— Itália.
— Ah, é turista?
— Sim, eu turista, não falar bem sua língua, desculpar...
Caramba! Será que todos ainda estão ligados à lembrança de Rebecca e nunca me aprovarão?
Não, não pode ser.
Ah, claro que pode.
Vou me fingir de surda-muda.


Em casa, o tédio aparece de novo, denso e pegajoso como cola, para não falar do tempo que muda continuamente: chove, faz sol, o vento sopra, sem qualquer ordem específica, a cada meia hora.

Se você for maníaco por meteorologia aqui, certamente será internado.

Edgar me telefona uma vez e a mãe dele, duas.

São amáveis se preocupando comigo; me sinto realmente deslocada, e aqui não é como Nova York, onde se sabe que todos são solitários e neuróticos, mas não fazem segredo disso.

Aqui, à primeira vista, fazem com que você acredite estar em uma grande família e querem saber tudo a seu respeito; mas assim que você conta a eles, perdem a paciência.

É como quando você chega em um novo local de trabalho: se sente uma incompetente porque não sabe onde é o banheiro e onde estão as folhas A4, e todos te olham com ar presunçoso.

E aí você faz a mesma coisa com a recém-chegada, seis meses depois...

Quero lembrar a mim mesma que essa escolha foi meditada e desejada como nada antes na minha vida, e não devo, de modo algum, deixar um mau começo me desencorajar.

Os problemas vão me deixar mais forte.

E se eu telefonar aos meus pais ou a David para me queixar, vai ser um coro de "Eu disse a você!". Que é a frase que eu mais odeio, junto com "Fica para a próxima vez" e "No que você está pensando?"

Infelizmente vou ter que me virar sozinha.

A noite chega muito rápido e eu resolvo cozinhar uma bela massa ao alho, óleo e pimentão (torcendo para que Edgar não sofra de hemorroidas), abrindo o bom Chianti, que bebo à minha saúde.

Não há nada melhor do que o primeiro gole de vinho tinto, encorpado e perfumado, que você engole e logo dá aquela sensação mágica de relaxamento e de leve bom humor.

Quando Edgar chega, já estou na metade da garrafa.

— Ei, que cheirinho!

— Espaguete picante, você gosta?

— Muito... mas... Você bebeu ou estou enganado?

— Um pouquinho...

Me sinto quase culpada. Ei, eu fui solteira a vida inteira e o ritual da taça de vinho faz parte de mim. Eu deveria abrir mão disso só porque ele não bebe?

Será que ele está me repreendendo?

— Você está me repreendendo, por acaso?

— Não, por que deveria?

— Ótimo, vamos para a mesa.

O celular dele toca 12 vezes, de forma que come enquanto continua falando.

Puxa vida, é o nosso primeiro jantar e ele passa no telefone, falando de trabalho.

Acho que vou terminar a garrafa, já que ele não me repreendeu...

Quando desliga, finjo que vou pegar o celular dele, mas Edgar arranca o telefone da minha mão.

— O que você está fazendo? — pergunta bruscamente.

— Nada, estava pensando que podíamos conversar um pouco, você não larga o telefone.

Caramba, a minha voz deve ter soado como a de uma dona de casa desesperada. Devo ter perdido pelo menos dez pontos.

— Monica, eu trabalho com o telefone, vamos deixar isso claro imediatamente. Não posso deixar de atender porque você está se sentindo negligenciada. Tenho relações com o mundo inteiro e não posso, absolutamente, me permitir ignorar as ligações!

Ele disse "absolutamente" com dois "b", bem marcados.

Um deles é b de babaca.

— S-sim, entendo, não queria dizer que não é para você atender.

Que droga, já estou com lágrimas nos olhos, maldita fragilidade.

Ele percebe e vem na minha direção.

— Vamos, venha aqui, gatinha. — E me abraça.

— Não disse que você não devia atender...

— Eu sei, é que temos que nos acostumar um com o outro.

— Tá tudo uma merda — soluço.

— Como, uma merda?

— Tá, sim. Você não bebe vinho, não me falou nada sobre o livro, no vilarejo todos me olham de um jeito hostil, e você tem vergonha de comprar preservativos!

— Mas, gatinha, ninguém olha pra você com jeito hostil, todos sabiam que viria, ficavam perguntando quando ia chegar. Além do mais, quem disse que eu não comprei preservativos?

— Não é verdade, a senhora da confeitaria mudou de humor quando eu disse a ela que moro com você. Você comprou mesmo os preservativos?

— Mas quem, a senhora bigoduda? Claro que comprei.

— Sim, ela. Uau, de que sabor?

— Mas ela é doida, não dê bola para ela! Coquetel de frutas.

— Então aqui todo mundo é louco! Eu gosto dos de manga!

— Olhe, tenho uma surpresa para você, quer ver?

— Algemas forradas de pelúcia?

— Melhor.

Levanta e vai pegar a bolsa.
Volta e me mostra uma foto que representa Versalhes visto do alto, com os jardins e, nem é preciso dizer, o labirinto.
— Você sabe o que é?
— Não.
— É a capa do seu livro.
— A capa de *O jardim dos ex*?
— Exatamente. Está contente?
— É bonita.
Na verdade, eu preferia que ele tivesse pelo menos pedido a minha opinião antes, mas é uma bela foto, não tenho do que reclamar.
— Foi você que escolheu, Ed?
— Não, foi Ian.
— Quem é Ian?
— Ian é o meu sócio e melhor amigo. Tem um talento natural para os negócios, não erra uma.
— Bem, nesse caso, tudo bem.
— Quero apresentá-lo a você, ele também não vê a hora de conhecê-la.
— Ed, a propósito, já que estamos falando de trabalho...
— Sim, não se preocupe, marquei umas entrevistas para esta semana.
— Que tipo de entrevista?
— Pensei que, já que você escreve, poderia gostar da redação de um jornal.
— Humm, sim, por que não? Mas eu achava que ia trabalhar com você.
— Comigo? Não brinque, trabalhar e morar juntos seria demais.

Certo. Preciso anotar na agenda que tenho que parar de fazer perguntas cretinas.

— E em que jornal seria?

Tomara que eu não tenho feito a voz de dona de casa desta vez também.

— É o jornal local.

"O Diário de Curroxo?", penso.

— *A Voz de Culross*.

Bingo.

— Por que está rindo?

— Deixe para lá... vamos para a cama.

Definitivamente sou uma dona de casa desesperada!

No dia seguinte, o sol está brilhando, a casa está quente e Ed, antes de sair, me trouxe café na cama. E isso, unido a uma maravilhosa noite de sexo, pode ser considerado o ápice da perfeição.

Me espreguiço e sento na cama, começando a analisar a minha nova vida escocesa.

Ed me disse que a redação é muito simpática e que poderia me agradar.

Helen Fielding não escreve para o *The Independent*? Eu poderia ter uma coluna só minha, na qual dou conselhos aos leitores, como "o correio do amor".

Tenho uma hora marcada com o chefe da redação hoje à tarde. Margareth me liga mais duas vezes: uma para me perguntar se quero um pouco da sua torta de frango e outra para me desejar boa sorte na entrevista.

Mas eu nunca lhe disse nada sobre a entrevista.

Se ela liga para mim duas vezes ao dia, quantas vezes deve ligar para Ed? E qual é o número máximo de ligações previstas no manual da mãe perfeita, dentro do qual um homem continua se sentindo protegido e não controlado?

Essa é uma pergunta que poderei fazer aos meus leitores.

Enquanto eu visto o casaco, o celular toca.

— Ainda não se deu por vencida?

— Você também não, David, querido... sinto muito por desiludir você, mas continuo aqui e cada vez mais determinada.

— Muito bem! Já aprendeu a pescar salmão?

— Sim, fico esperando por eles no alto da cascata, e se por acaso tiver ursos por perto, uso um pedaço de pau para afastá-los.

— Brincadeiras à parte, como você está?

— Bem, acho. Sabe, é o começo, e como todas as coisas novas...

— Sim, entendo, em todo caso, saiba que eu te admiro muito, você é muito corajosa.

— Ou talvez uma doida inconsequente!

— De qualquer modo, você fez um belo gesto de amor.

— Mas quando foi que você desenvolveu toda essa sensibilidade? Eu me lembrava de você como um fuzileiro naval cheio de músculos, que fazia a dieta para aumentar massa muscular, e agora você começa a falar de amor?

— As pessoas mudam...

— Não caio nessa, David, querido. Você não assiste *House*? Ninguém muda, a não ser por três ou quatro meses, no máximo! Agora tenho que ir, estão me esperando para uma entrevista de emprego.

— Como to...

— Sim, como tosadora de ovelhas, exatamente, David! Está vendo? Você não mudou nadinha. Até mais!

Saio, acompanhada pelo costumeiro chuvisco e pelas rajadas de vento a 100 por hora.

Fico pensando se aqui a Era Glacial já acabou. Acho que vou começar a mascar tabaco.

A redação é perto de casa e isso vai evitar que eu me levante cedo demais, mas acho que vai me proporcionar bem poucas ocasiões de contato social.

Tenho uma entrevista com Mr. Angus McLoud, o redator-chefe, amigo de Edgar (aliás, como ele diz, "o meu caríííssssimo amigo").

Subo até o primeiro andar, imaginando uma redação pequena mas funcional, e vejo que o escritório inteiro funciona em uma sala de 15 metros quadrados, com duas escrivaninhas, onde estão sentados um rapaz e uma moça, que não erguem a cabeça quando entro e nem têm computador.

No fundo da sala há uma porta pela qual passam gritos sem significado aparente. Logo adivinho que o capeta do outro lado seja a pessoa que vai me entrevistar.

Sorrio e pergunto se posso falar com Mr. Angus, mas não obtenho resposta, de tão absortos que eles estão no próprio trabalho.

Finalmente, o rapaz, um cara alto de cabelos longos e ar entediado, ergue a cabeça e me pergunta quem sou e o que quero.

Depois disso, se levanta, abre a porta do ogro e lhe diz algo que não consigo entender.

O cara faz sinal para eu entrar e, timidamente, engolindo litros de saliva, entro na sala de Mr. Angus.

Um senhor idoso sentado à uma velha mesa, usando um curioso aplique despenteado e engordurado, está falando ao telefone e sinaliza para que eu entre.

Ele veste uma camisa que deve ter sido branca um mês atrás, com uma regata por baixo.

A escrivaninha está lotada de jornais e livros, xícaras de café vazias, uma garrafa de uísque pela metade, e, no chão, um cachorro preto dormindo.

Sorrio e aceno com a mão; ele também sorri e me convida para sentar.

Olho em volta.

Ele também não tem computador; na parede há fotos de Mr. Angus junto com pessoas que devem ser celebridades locais, mas não conheço nenhuma.

Em uma delas, Mr. Angus aperta a mão de um homem que mostra, orgulhoso, um peixe enorme, e em outras está vestido com um kilt e uma gaita de foles.

Finalmente, ele desliga.

— Feasgar math dhut! Voc' dev' ser Monc, a'mig de Edg.

Não entendi picas. Ele fala gaélico de verdade.

Hesito, com o olhar perdido no vazio e as sobrancelhas erguidas.

Mr. Angus me observa como se eu tivesse tatuado uma aranha na cara.

— Olá, Mr. Angus, eu sou a Monica, a amiga de Edgar.

— Foi u qu'eu diss.

Sorrio.

— Mas voc'entend escocs?

Sorrio.

— Talvz sej' surd.

Sorrio.

Tento tomar o controle da situação.

— Não sei se Edgar lhe disse, mas escrevi um livro que logo vai ser publicado e... estou ansiosa para começar essa nova carreira!

— Que carreir?

Ui, esta eu entendi.

— A carreira de... escritora — exclamo orgulhosa como, depois percebo, uma pobre imbecil.

Mr. Angus explode em uma gigantesca risada que acorda o cachorro preto. Tenho a levíssima sensação de que ele está tirando sarro da minha cara, mas só levíssima.

— O que eu disse de tão engraçado?

— Sinhorit, aqui não há escritr', aqui escrevm artigs sobr'as vacs, o temp e sobr'as feirs.

— Eu poderia inventar algo novo, nós, os italianos, não temos pouca imaginação.

— Nov? Somos 500 alms, nos conhecems tods.

— Mas e o correio do amor?...

Explode em uma risada mais estrondosa do que a anterior. Imagine o que vão pensar os seus funcionários: que sou uma comediante!

— Você é simpátic, Edg tinh' me dit. Escut, escrev' um artig' e então verems.

Saio com o rabo entre as pernas. Me sinto exatamente no mesmo estado de ânimo de Sir Walter Scott no momento em que se preparava para compor o célebre poema *A canção do último menestrel*!

\* \* \*

Estou sentada há duas horas diante do computador, tentando fazer vir à mente um artigo que eu possa submeter a Mr. Angus, mas minha cabeça está vazia.

Preparo xícaras de chá e mais xícaras de chá, o que me obriga a ir ao banheiro de vinte em vinte minutos.

A situação seria ao mesmo tempo intrigante e romântica: o campo escocês, o vento e a chuva, o clássico lugar de escritor consagrado à procura de privacidade e inspiração, mas eu preciso de estímulos externos além daqueles provocados pela minha bexiga.

Escrevo duas linhas pouco convincentes sobre a "escreve-deira-das-neves", um raríssimo exemplar de pássaro, existindo talvez apenas uma dezena de casais, quando ouço Margareth entrar.

Naturalmente, ela tem as chaves.

— Oh, você está em casa? Achei que tinha saído.

— Fui à entrevista na redação do jornal, estava tentando escrever um artigo.

— Conheceu Mr. Angus? É uma ótima pessoa; antiquado, mas é um homem honesto.

— Mas não entendo quando ele fala.

— Não se preocupe. — Ela ri. — Ninguém o entende mesmo, sabe? Ele faz parte daqueles comitês para a defesa do gaélico antigo, mas a maior parte dos seus funcionários não entende o que diz.

— Parece que ele tem uma bola na boca.

— Talvez seja a dentadura malcolada.

Apesar de ser um pouquinho enxerida, tenho que admitir que ela sabe como me deixar mais tranquila, e, além disso, se não fosse por ela, eu ficaria totalmente sozinha.

— Como você está se saindo por aqui, está se ambientando?

— Estou começando, mas é bastante difícil, não sei o que fazer, não conheço ninguém; vai levar tempo para me familiarizar com o lugar.

— Acho que acabará gostando daqui.

— Margareth... posso perguntar uma coisa?

— Claro.

— Sei que é um assunto delicado, mas você poderia me contar alguma coisa sobre Rebecca?

— O que quer saber? — responde diplomaticamente, começando a lavar as xícaras.

— Não sei... Como ela era, como eles se conheceram...

— Edgar falou dela para você?

— Algumas vezes, mas, sabe, não tenho coragem de perguntar sobre isso para ele.

— Sim, faz bem, evite falar sobre ela, ele sofreria. — Ela se enrijeceu, talvez tenha sido um engano lhe perguntar sobre o assunto.

Faz uma pausa.

— A história com Rebecca foi realmente muito ruim, muito, muito triste. Eram muito felizes juntos... faziam planos. Ela era linda, alta, morena, magra, parecia uma modelo, tinha mãos longas e finas, olhos verdes, cabelos despenteados, imagine que os cortava sozinha... Era assim... independente.

Sem querer, olho para as minhas mãos: pequenas, curtas, com unhas roídas e restos de esmalte cor-de-rosa. Sorrio, constrangida. Ela não percebe e continua a falar.

— Trabalhavam juntos, faziam tudo juntos, viajavam bastante, acho que até escreveram alguma coisa juntos... Então, naquela noite, ela saiu de casa de carro, chovia... Saiu da estrada, e quando a encontraram era tarde demais — seus olhos brilham.

— Lamento... — sussurro.

— Ele sofreu demais. — Enxuga os olhos. — Todos nós sofremos demais, mas agora ele se recuperou.

Engulo em seco.

— Mas Edgar tinha me contado que ela estava muito deprimida e que saiu da estrada porque estava dopada de antipsicóticos.

— Mas ela era cheia de vida! Não, você deve ter entendido mal.

Melhor não insistir, mas essa história não coincide de jeito nenhum com a que Edgar me contou em Nova York.

— A senhora acha que Edgar ainda pensa nela?

— Não me leve a mal, com certeza ele está apaixonado por você, mas, sabe, uma morte tão repentina e sem motivo deixou-o em um estado de depressão muito profundo. Talvez um dia eles se separassem, quem sabe; mas, para Edgar, ela... Bem, tenho certeza de que você entendeu, é uma garota inteligente... Oh, já é bem tarde, os meus cães precisam de mim.

— Não veio buscar alguma coisa aqui, Margareth?

— Humm... sim, as roupas para lavar. Edgar disse que estavam em um saco perto da porta... mas não estou encontrando, volto quando ele estiver aqui. Tchau, querida.

— Até logo.

Me sinto como se tivesse recebido um soco na cara, bem forte: dor e surpresa se misturam em partes iguais.

Ela veio "casualmente" para me explicar que ele não me amará nunca como amou Rebecca, porque ela era a mulher da vida dele.

Mas que prazer será que ela tem ao semear a discórdia?

Edgar tinha me contado que Rebecca estava completamente chapada quando saiu da estrada, que sofria de depressão e que nem se levantava mais da cama. Quando a encontraram, ainda estava de pijama.

Quem está mentindo? Ou melhor: quem está modificando a realidade a seu favor?

Ela lava as roupas dele?

Melhor voltar à escrevedeira-das-neves...

# Três

onhei de novo com o escuro.

Por sorte, esticando o pé, toquei em Edgar. Me encolhi junto dele e peguei no sono como uma criança protegida; acho que ele nem percebeu.

Adoro dormir com ele. Achava que a solteirona azeda que morava em mim não me permitiria relaxar e dividir os espaços vitais, mas agora começo a pensar que não fomos feitos para ficar sozinhos.

Gosto de grudar nossos pés e o meu traseiro no dele e escutar o vento soprando lá fora.

Hoje de manhã, com um esforço sobre-humano, levantei antes dele. O aquecedor quebrou durante a noite e agora estamos bem abaixo de zero.

Preparo o café da manhã para ele, mas receio que seja a primeira e a última vez.

Edgar desce e me abraça enquanto estou preparando os ovos.

— Não precisa se levantar só por minha causa.
— Faço isso com prazer.

— Sei que não é fácil, queria estar mais presente. Mas neste fim de semana ficaremos juntos.

— E iremos pescar...?

— Não prefere fazer compras?

— Ah, meu Deus, sim!

Me viro bruscamente.

— Que santo homem!

Ele ri.

— Já vou, gatinha, seja boazinha. — Dá um beijo na minha testa e sai.

Seja boazinha? E o que eu poderia fazer de mal, fumar maconha com as cabras?

Tenho que terminar o meu artigo sobre a escrevedeira-das-neves, já que ontem adormeci e só acordei quando Edgar me chamou.

No período de dez dias fiquei muito mal-acostumada!

Por sorte, o computador de Edgar tem acesso à internet. Pelo menos posso me atualizar sobre as fofocas internacionais.

Será possível que Mr. Angus não se interesse nem um pouco pela data de casamento de Brad e Angelina ou pela filha de Katie e Tom Cruise?

Mas como eles conseguem viver?

Decido deixar a escrevedeira-das-neves pra lá e escrevo um artigo sobre a importância da calcinha fio dental. Na realidade, muitos subestimam o quanto são confortáveis.

Quando termino o artigo, me sinto satisfeita e frustrada ao mesmo tempo.

Como vou fazer para dizer a Mr. Angus que não consegui escrever nada?

Preciso ganhar tempo.

Saio para ir até a redação e, quando entro na sala, ninguém ergue a cabeça.

Pergunto ao rapaz alto se Mr. Angus está, mas ele me diz que só vai voltar tarde da noite.

Puxa... que droga...

E depois acrescenta:

— Ele disse que é para você entregar o artigo pra mim.

— Ouça, eu... tive algumas dificuldades com esse artigo... — digo ao rapaz, cujo nome continuo sem saber. — A propósito, qual é o seu nome?

— Niall. Com qual artigo você teve dificuldade?

— Mr. Angus me pediu um artigo sobre a fauna local...

Niall dá uma risadinha e abaixa a cabeça.

— É um maníaco, aquele idiota.

— Oi?

— Nos sete anos em que trabalho aqui nunca pude mudar uma vírgula; eu, que queria me encarregar de política, escrevo sobre as previsões do tempo; Siobhan, que gostaria de escrever sobre moda, escreve sobre os trabalhos em andamento na praça principal... Sabe como é... para um jornalista, isso é um pouco humilhante.

— Mas vocês disseram isso para ele?

— Se nós dissemos para ele? — pergunta Siobhan, a garota da outra escrivaninha. — Ele é um babaca completo!

— Mas e se falássemos os três com ele?

— Aquele lá só tem ouvidos para o gaélico, esqueça.

— Olhe, Niall, escrevi um artigo... — E lhe entrego o papel.

Niall sorri sarcasticamente e passa a folha a Siobhan, que arregala os olhos.

— É fantástico! — exclama. — Como é que você pensou nisso?

— Ah, sei lá, achei que seria engraçado... Morei dois anos em Nova York, a vida lá é muito... diferente!

— Isso, dane-se — disse Niall. — Há anos que tento de todas as maneiras fazer entrar na cabeça daquele velho imbecil que, se não quiser fechar o jornal, está na hora de mudar alguma coisa. Vou arcar com toda a responsabilidade por isso. Vamos publicar seu artigo, você vai assinar com um pseudônimo, vai dar o maior rolo, e o pior que pode acontecer é ele me despedir!

— Você acha mesmo que é uma boa ideia?

— De jeito nenhum, mas se eu não tentar fazer alguma coisa, qualquer dia desses vou estrangulá-lo!

É a primeira vez que o vejo sorrir.

Lá pela hora do almoço volto para casa e, passando pela padaria, aproveito para comprar pão e ver se a senhora bigoduda vai me cumprimentar ou não.

Ao entrar, cruzo com Margareth.

— Ah, oi, Monica.

— Bom-dia, Margareth.

— Já comprei pão para vocês; eu ia levar mais tarde, mas já que está aqui pode levá-lo agora.

— A senhora é muito gentil, mas não precisava, faço as compras com prazer.

— Ninguém faz compras com prazer, querida, e além do mais, você estava no trabalho, não é? Não se preocupe.

— Bem... Obrigada.

— Então, tchau.

— Até logo.

Não consigo entendê-la. Em alguns momentos me parece espontânea e meiga, mas às vezes fico com medo de vê-la girar a cabeça 180 graus.

Ligo para Edgar.
— Oi, Ed!
— Ei! Oi, gatinha.
— Estava com vontade de ouvir a sua voz, então liguei.
— Fez muito bem. Como foi a sua manhã?
— Bem, os dois colegas do trabalho são simpáticos.
— Eu disse, você vai se dar bem.
— Quando você volta?
— Na hora do jantar.
— Sua mãe comprou pão.
— Ah, sim, ela me disse que vocês se encontraram.
— Ela disse que nos encontramos? Mas eu a encontrei há dez minutos!
— Ela acabou de me ligar. Por quê? O que aconteceu?
— Nada, Edgar, não aconteceu nada! Está tudo bem! — respondo, aborrecida.
— Você está nervosa?
Se tem uma coisa que me deixa nervosa é quando alguém me pergunta se estou nervosa.
— Não, a gente se vê hoje à noite.
— Hum, você está estranha. Até a noite, tchau.
Que droga, continuamos a nos desentender.
Como é possível que ele ache normal que a mãe o atualize sobre qualquer coisa a cada cinco minutos? Não pode ser normal.
Está certo que não tenho muitas outras referências além dos casais de *The O.C.* e de *Sex and the City*, mas como é que vou fazer com que ele entenda isso?
Quando ele volta, à noite, faço com que encontre uma bela mesa posta com cuidado, com flores frescas, velas e música do Roxy Music de fundo.

— Desculpe se fui grosseira — digo, abraçando-o.
— Eu que peço desculpas, fui malcriado.

Ficamos abraçados, bem apertado, como se quiséssemos dizer alguma coisa um ao outro, mas sem saber por onde começar.

— Você não está arrependido de ter me feito vir pra cá, né?
— Tá brincando? Não, claro que não.
— É que acho que estou fazendo tudo errado.
— Claro que não, não tem nada de errado no que faz, você cozinhou, preparou a mesa e...

Toca o telefone.

— Desculpe, vai ser rapidinho, é Ian.

Edgar sai da cozinha para atender e volta vinte minutos depois. Enquanto isso, comi todo o miolo do pão que a mãe dele comprou.

Quando ele volta, não consigo deixar de ficar emburrada. Só Deus sabe como eu queria ser uma daquelas mulheres que continuam a sorrir não importa o que aconteça. Imagine quantas vezes Linda McCartney deve ter jantado sozinha, mas eu sou uma simples Monica, como tantas, e preciso de amor e de segurança.

Terminamos de jantar em silêncio total.

Parecemos um casal que está junto há trinta anos e não tem mais nada para dizer um ao outro.

Sinto um nó no estômago.

— Escute, Ed, talvez a gente tenha começado com o pé esquerdo.
— Sim, talvez, mas este é um período maluco e eu não estou mais acostumado a morar com outra pessoa. Você precisa ter paciência.

— Ok, vou ter paciência, mas você também precisa tentar me entender. Estou longe de casa e deixei tudo para vir aqui ficar com você, me sinto sozinha.

— Eu entendo, deixe passar este período, depois você vai ver que vai ser melhor. E daqui a pouco o seu livro vai sair, você não está animada?

— Sim, estou elétrica, mas para mim você é mais importante.

— Que amor, mas você não deve se sacrificar por mim.

Me sacrificar? Mas quem escreve as falas dele?

De noite, tenho dificuldade para adormecer, apesar de a cama ser muito cômoda, Edgar ter a temperatura ideal e o vento ter se acalmado.

É como se eu tivesse medo do que me espera: ao invés de estar superfeliz com o livro que vai sair e com a minha nova vida aqui, estou terrivelmente ansiosa com a ideia de enfrentar tudo o que vai acontecer, incluindo a velha e querida Margareth.

E, além do mais, esta casa é cheia de rangidos sinistros, o terceiro degrau faz barulho quando o gato sobe e a porta da garagem de baixo bate com o vento.

Me viro e reviro até Edgar me pedir para parar porque precisa levantar cedo.

Os americanos estão certos em dormir em camas separadas mesmo depois de casados.

Me dou por vencida e vou dormir no quarto ao lado, no qual há uma cama de solteiro.

Sem dúvida é o quarto no qual, mais cedo ou mais tarde, a mãe dele vai dormir quando vier morar aqui.

É só questão de tempo.

Atravesso rapidamente o corredor, apertando o pijama contra o corpo, me enfio sob os lençóis gelados e me encolho o máximo que posso, com a cabeça embaixo das cobertas. Meu nariz está gelado, faz um frio de rachar.

Um segundo depois, as cobertas são levantadas e, para minha grande surpresa, sinto Edgar se enfiando na cama e se apertando contra mim.

— Mas o que você está fazendo aqui? Amanhã de manhã tem que levantar cedo!

— Não posso deixar você sozinha no frio, gatinha.

Enroscamos nossas pernas um no outro, tentando aquecer nossos pés gelados e, lentamente, caímos no sono.

Isso é amor.

Na manhã seguinte me levanto cedo.

Estou curiosa para saber o que aconteceu na redação. Para dizer a verdade, também estou com medo de ouvir Mr. Angus berrar em gaélico, mas se o cabeludo decidiu ser demitido, o que eu tenho com isso?

Vou ser a Carrie Bradshaw das Highlands!

Quando chego, não posso deixar de notar uma certa tensão: Siobhan está com o ouvido colado na porta para não perder nenhuma palavra e Niall está lá dentro levando uma bronca de Mr. Angus.

— E aí?

— Estão lá dentro há meia hora, mas não consigo ouvir o que Niall está dizendo.

— Quer um copo para ouvir melhor?

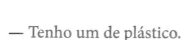

— Tenho um de plástico.

— Escute, já que estamos sozinhas, posso te perguntar uma coisa?

— Pode falar.

— Você se chama Siobhan como...

— Sim, como a cantora do Bananarama.

— Uau! *She's got it...* — começo a cantarolar.

— Não, não, não faça isso, estou pedindo.

— *...Yeah babe she's got it*! Não consigo parar! — Danço como uma doida, sacudindo a cabeça.

— Pare, por favor, há 23 anos que cantam essa música para mim!

— É muito divertido! *I'm your Venus, I'm your fire and your desire* — peguei um marca-texto para fazer de microfone.

— Vamos, pare com isso, estou pedindo! Podem pegar a gente!

A porta se escancara e sai um dragão chinês rodeado de fumaça verde.

O dragão é Niall, com fumaça saindo pelo nariz. Me dá uma olhada furiosa e sai batendo a porta.

Mr. Angus berra o meu nome lá de dentro da sua sala.

Olho para Siobhan com uma cara apavorada e largo o microfone.

— É melhor eu ir.

Entro titubeante, bati todos os recordes, nem me contrataram e já vou ser demitida.

— Seo dhuit! — exclama.

— Sim, igualmente. — Mas o que ele está dizendo?

— Escutm' bem, senhort', quand' peço algum' cois', exij' que seja feit' com' digu.

— Sim, Mr. Angus.
— S'eu pedr um artig sobr'a faun local, você tem qu' fazr iss'. Não gost' de quem tom' iniciativ.
— Sim, Mr. Angus.
— Niall cometeu'm grand'erro.
— Não vai se repetir mais, Mr. Angus — digo, mortificada.
— 'Sta maluc? Nunc vendems tants exemplars com' hoje, vá trabalhr imediatamente, tem qu'escrevr 1500 palavras pr'amanhã sobr'o qu' você quisr.
— Sobre o que eu quiser?
— Voc'aind 'stá'qui? Vá! Corra! Dsaparec'!
Saio mais atordoada do que quando entrei.
— Siobhan... você ouviu?
— Se ouvi? E você ainda está aqui? Vá! Corra! Desapareça!
— Sim, ok, vou para casa... lá tem internet.
— Isso, muito bem! — Sorri de orelha a orelha.
Nas escadas, encontro Niall fumando um cigarro atrás do outro.
— O que está olhando?
— Nada, tenho que ir... — Abaixo o olhar. — Escrever mais um artigo.
— Ah! Mais um artigo, então ele gostou de você, aquele velho idiota! Primeiro me trata como um mendigo e depois ferra a minha ideia! — Dá uma última tragada e joga fora a bituca.
Sobe as escadas correndo e me deixa ali.

Em casa, procuro um cantinho para poder trabalhar em paz com o meu computador, a minha música e a minha xícara.
Não é assim que todos imaginam a vida de escritores e jornalistas? Todas as noites ocupados, escrevendo com um lápis

na orelha, a xícara cheia de café amargo e o cinzeiro cheio de bitucas.

De noite me dá um sono...

A conexão da internet é do tempo de Merlin, mas melhor do que nada. Eu tenho que restabelecer contato com o mundo se quiser sobreviver.

Abro a minha caixa de e-mails depois de quase um mês e vejo que tenho 72 mensagens não lidas.

Sessenta e quatro são sobre embalagens tamanho família de Viagra e Xanax, as outras são de David, e, nem precisa dizer, de Sandra e Mark — os amigos com quem eu morava em Nova York e que agora vivem nas Bahamas, onde logo vai nascer sua filhinha —, e da minha mãe (minha mãe?).

Só tenho que escolher; abro imediatamente o de Sandra.

Querida!
quantas coisas eu tenho para contar. Parece que passaram séculos desde que partimos de Nova York. Nem sei por onde começar.

A nenê vai nascer daqui a um mês, eu virei uma baleia, mas nunca dei menos bola para boa forma do que agora; aliás, minha mãe quando me viu chegar disse que eu estava um caco!

Sabe, aqui, se você está com menos de 100 quilos, acham que está doente. Que legal, né?

Mark está histérico, parece que é ele quem vai parir; às vezes eu me esqueço que ele é um gay nova-iorquino, mas depois penso em tudo o que ele largou para me seguir, e me dou conta de que ele é um presente de Deus.

Agora se segure bem.

Você lembra quando disse que todos os ex mais cedo ou mais tarde acabam voltando, mas quase sempre na hora errada? Bem, o pai da nenê (Julius) reapareceu.

O problema é que eu não o quero mais, estou bem com Mark e com a minha família, mas estou preocupada. Minha avó leu os ossos de gato para mim, mas não me olhou nos olhos e isso não é bom sinal; resmungou alguma coisa e se afastou, sacudindo a cabeça.

Julius chega às Bahamas neste fim de semana e não sei o que esperar.

De qualquer modo, vou manter você informada.

Sentimos sua falta e esperamos que possa vir nos visitar em breve.

Com carinho,
Sandra

P.S. A nenê vai se chamar Jazlynn Monique.

Não posso deixar de ficar comovida. Ai, meu Deus, como eles fazem falta! Também parece que parti há uma eternidade.

Julius, que quer voltar com Sandra, fez algo inacreditável: quando soube que ela estava grávida, lhe disse que não tinha coragem de ser pai, porque tinha que continuar seu trabalho como músico, e desapareceu. Por sorte havia Mark, que, para não deixá-la sozinha, foi com Sandra para as Bahamas.

Agora que as coisas estão se ajeitando, ele volta para complicá-las. Vamos ver o que diz David.

Como está o reumatismo?
Beijos
D.M.

Imbecil!
Agora é a vez da minha mãe.

## O Amor Não É para Mim

Teste, teste, teste, teste.
se você receber isto, me ligue.
Rita abriu essa conta de e-mail para mim, não entendi nada, mas se esta carta chegar, responda
tchau
Mamãe

A isso se chama milagre, até agora minha mãe desligava a televisão puxando a tomada!

Que estranho, tem também uma mensagem de Edgar, que eu já ia apagar como spam.

Oi, gatinha,
hoje à noite eu não conseguia pegar no sono e fiquei olhando para você um tempão enquanto dormia, tão indefesa e encolhida naquela caminha.

Você me enterneceu, parecia uma menina, um bichinho indefeso, e fiquei com vontade de abraçar você apertado.

Quando dorme, todo o mundo real passa pelo seu rosto, passam por ali todos os seus sonhos, os seus desejos, os medos por ter escolhido um caminho importante. Você está dando tudo de si para levar isso adiante, e estou incrivelmente orgulhoso de ser testemunha disso.

Me pergunto o que pode estar acontecendo no coração de uma jovem mulher para decidir ter um relacionamento com um homem muito mais velho do que ela, que tem problemas com o limiar da dor, que se encontra à mercê de todos os fantasmas do passado que interferem com a serenidade, com a vontade de viver e com a tentativa de reconstruir a vida.

Eu me pergunto isso sempre, não paro de me perguntar.

Esta é uma daquelas noites melancólicas, e tento ficar distante para não transmitir a você toda a ânsia que não merece, e, assim, eu me limito a observar.

Você é tão bonita e inquieta, meiga e atormentada, frágil e teimosa, que às vezes acho que merece mais do que um homem como eu.

Sei que parecem clichês, ditos para serem desmentidos, mas, em vez disso, começo a me preocupar mais do que nunca.

Estou entendendo quem sou agora, prestes a fazer 50 anos, o que posso definir como um marco, o limiar de onde recomeçar, a esperança de deixar para trás as dores e os sofrimentos, e gostaria de ficar mais tranquilo quando estamos juntos, mas muitas vezes estou com a cabeça cheia de caraminholas, e é tão doloroso e cansativo, e você é tão delicada; se perceber que sou um peso, por favor, fuja, desapareça, corra para longe de mim.

Com amor,
Ed

Querido...
Como deve ser difícil para você recomeçar tudo do início.

Gostaria de poder ajudá-lo, mas não tenho como. Quando estávamos em Nova York, ele estava sempre ali, discreto, ao meu lado. A minha vida era uma zona total, e ele continuava me apoiando, me amparando e me surpreendendo, como se não tivesse nenhum problema.

Talvez ao me apoiar ele pensasse menos no seu passado, talvez ao me ajudar, ajudasse a si mesmo, e talvez estar longe desta casa lhe fizesse bem.

Esta casa transpira dor.

Mas eu não quero fugir. Quero me tornar uma mulher forte e ficar ao lado dele.

### O Amor Não É para Mim

\* \* \*

Trabalho a tarde inteira escrevendo um artigo maluco sobre a vida de Paris Hilton.

Decidi que vai ser o hit de Culross, todos vão saber quem é e o que faz Paris Hilton, vida, morte e milagres.

O problema é que, a cada dez minutos, me vem à mente alguma coisa que preciso fazer: xixi, café, checar e-mails, espremer uma espinha, mais um café, uma mensagem para Edgar.

Levei quatro horas para escrever meia página.

Preciso perguntar à minha mãe se quando eu era pequena tinha problemas de hiperatividade.

Estou quase perguntando para ela agora.

— Alô, mamãe?
— Oi, Monica, você viu que eu te mandei um *emeil*?
— Sim, eu recebi, muito bem, mas se pronuncia *imeil*.
— Ah, tudo bem, emeil ou imeil, dá no mesmo!
— Mamãe, quando eu era pequena, era hiperativa?
— Hiperativa? Acho que não, você dormia sempre. Mas... você vomitava no carro.
— E o que isso tem a ver?
— Foi você que perguntou!
— Mas eu...
— Olha, tenho que desligar, estou baixando um *fil* com uma receitas culinárias.
— É *fail* que se diz, mamãe.
— Ah, mas como você ficou sabidinha! Tudo bem, se diz *fail*, agora vou indo, tchau!

Que ligação surreal.
Ela está fazendo download?

Já que não tenho muito mais o que fazer, vou arrumar as coisas; afinal de contas, por enquanto sou uma dona de casa, mesmo que com ótimas perspectivas de sucesso no mundo editorial.

Será que Edgar está esperando que eu escreva mais um livro? Eu não saberia nem por onde começar.

De qualquer modo, daqui a alguns anos estarei tão ocupada com os nossos filhos, que só vou poder escrever livros de fábulas (como a Madonna).

Vou ao andar de cima e arrumo a cama, dobro os nossos pijamas, ajeito os travesseiros e recolho as cuecas. Não sei se é certo ou não recolher as cuecas dele, mas eu acho isso tão íntimo.

Enfim, ele é o meu namorado, e, além do mais, nunca fiz isso antes.

E se ele se acostumasse? Se um dia eu quisesse parar, como explicaria para ele?

Passo as cuecas dele de uma mão para outra, sem saber o que fazer com elas.

Bem, desta vez vou recolher as cuecas, mas hoje à noite vou lhe dizer que é a última vez, pelo menos não haverá mal-entendidos. Para um casal, o importante é conversar, não é?

Nem termino a frase e ouço a porta abrindo.

Aí está outra coisa para deixar claro imediatamente: trocar a fechadura!

— Monica! Você está em casa?

Como se ela não soubesse; Edgar deve ter lhe dito.

— Sim, estou aqui em cima.

Ela sobe, rápida como uma fuinha que farejou ovos.
— Ah, aí está você, Edgar me diss...
— ... que eu estava em casa escrevendo.
— Sim, falei com ele agorinha.
Sorrio, segurando as cuecas.
— Ah, pode dar isso pra mim, estou enchendo a máquina de lavar. — Tira as cuecas da minha mão.
— Não se preocupe, Margareth, eu mesma posso encher a máquina. — Pego as cuecas de volta.
— Mas seria inútil encher duas máquinas, não acha? Além do mais, Edgar está acostumado — diz ela, estendendo a mão.
Agora já é uma questão de princípios.
— Ele já não está grandinho para lavarem as cuecas dele?
— Um filho é sempre um filho, você também vai entender isso, um dia.
— Sim, mas eu ficaria feliz de fazer isso, sem brincadeira.
Estamos brigando por cuecas.
— Ninguém gosta de lavar roupa, Monica! — diz ela, puxando com toda a força.
Conquista o objeto do desejo e sorri dissimuladamente, sabendo que ganhou esta batalha. Mas não ganhou a guerra...

Depois de um lanchinho à base de uma espécie de carne enlatada muito salgada, que me deu uma sede de matar, volto à redação.
Siobhan me cumprimenta, mas Niall não se digna a me olhar. Gostaria de falar com ele, mas é tão hostil comigo; no entanto, foi ideia dele publicar o meu artigo.

— Trouxe o artigo para Mr. Angus.

— Uhhhh, que bom, que bom, ande, me deixe ler. — Siobhan dá uns gritinhos. — Paris Hilton? E quem é Paris Hilton?

— Você não conhece Paris Hilton?

— Nunca ouvi falar.

— É a herdeira da cadeia de hotéis de mesmo nome, que ficou famosa por causa de um vídeo pornô que ela fez junto com o namorado, e que ele mesmo pôs na internet — diz Niall distraidamente.

Puxa, o cara é informado...

— Ah! E eu me queixando do meu ex-marido!

Enquanto isso, Mr. Angus sai do seu antro, seguido pelo cachorro preto que exala um fedor horripilante.

É a primeira vez que o vejo de pé. Mas será que ele está de pé ou de joelhos? Parece Danny de Vito.

— Oh, aí'stá a minh'escritor' preferid'! Edgr me dis que o seu livr vai s'ir.

— Sim, agora já está quase, é questão de poucas semanas.

— Nighean chòir! — Ele me dá uma pancada nas costas.

— Nighean para o senhor também.

Sai com passo arrastado.

— Siobhan, mas o que ele disse?

— Nada, disse "boa garota". É a primeira vez que eu o ouço fazer um elogio, não é Niall?

— É, mas não vá se acostumando, vai passar.

Detestável babaca de cabelo seboso.

— Escute, Siobhan, por que não bebemos alguma coisa uma noite dessas?

— Com prazer. Eu nunca saio, você poderia vir até a minha casa amanhã, para um drink.

Drink? Isso é música para os meus ouvidos, há umas três semanas que não bebo nada e não bato papo com outra mulher, com exceção das agradáveis conversas com a minha sogra.

Minha sogra. Soa perturbador.

Saio, contente como uma menina na confeitaria, pelo vislumbre de uma vida social que se apresenta a mim, unido ao vislumbre de trabalho.

A propósito: vou ser paga, não é?

Hoje à noite finalmente vou conhecer Ian, o melhor amigo de Edgar. Eles vão me explicar como pretendem agir para o lançamento do livro e o que preciso fazer, que é o mais importante.

Nunca fui ao lançamento de um livro e nunca falei em público. Tenho uma imagem de mim mesma com uma jaqueta preta e um lenço fúcsia no pescoço, sentada em uma mesa da Barnes & Noble, em Nova York, dando autógrafos com a minha caneta Montblanc modelo Starwalker Douè, dizendo: "Para queemm?" com tom vagamente entediado, antes que a minha assistente cubra meus ombros com meu trench coat, dizendo: "Desculpem, mas a senhorita está cansada."

Preciso ir até a padaria; no outro dia não consegui por culpa de Margareth, tenho que testar o nível de intolerância do comércio.

Entro com o meu melhor sorriso estampado na cara e a senhora bigoduda sorri instintivamente, para depois, também instintivamente, mudar seu sorriso para uma expressão presunçosa.

— Bom-dia, senhora, como vai?
— Bem, obrigada, do que você precisa?

De uma marreta para demolir a sua loja, quanto é?

— Um pão com alho e quatro *scones*.
— Aqui está.
Coloca tudo num saquinho de papel e me passa.
Vejo Magnus atrás do balcão. Me dá um meio sorriso e depois abaixa os olhos.
Mas o que há com todos? É evidente que não gostam da minha presença aqui, apesar de Ed dizer o contrário.
Que se ferrem!
Mais tarde, preparo um belo jantar para três. Espaguete ao sugo, carne com molho de tomate e salada. Sim, eu sei que não é o máximo, mas é tudo o que sei fazer.
A incógnita é o vinho. Vou ter que beber sozinha como uma coitadinha ou Ian vai ao menos se dignar a beber um copo comigo?
Lá pelas 18h30 ouço os carros entrando pela estradinha. Apareço na janela da cozinha e os cumprimento com a mão. Ian e Edgar riem entre si, parecem se dar muito bem. Eu os invejo um pouco, não tenho nenhuma amiga aqui.
— Oi, gatinha! Esse é o Ian, falei dele pra você.
— Oi, Monica, finalmente nos conhecemos! — Aperta vigorosamente a minha mão e me estala dois grandes beijos nas bochechas.
Finalmente um pouco de saudável calor humano.
Ian tem cabelos muito escuros, curtos e densos, com o couro cabeludo terminando quase na altura das sobrancelhas, óculos de armação pesada, orelhas de abano e dentes tortos. É bem feinho, mas é simpático e tem sempre uma piada pronta.
— Ian, espero que você goste de massa picante.
— Eu como qualquer coisa, com exceção de cenoura cozida, não se preocupe.

— E bebe vinho?

— Mas é claro! Não sou um natureba como o seu namorado. Eu como, bebo e fumo.

— Monica está desesperada porque eu não bebo.

— Imagino, pobre garota. Você é um tédio mortal, nem toca nas garrafas. Como faz quando sai para jantar?

— Simples, digo às senhoras que não vou servir o vinho; você vai ficar espantado, mas são todos muito mais compreensivos do que você!

— Fazem isso porque têm medo de você! Sabe, Monica, Edgar é considerado a eminência parda da editoria britânica.

— Vamos, Ian, o que está dizendo! — Edgar ri, enrubescendo um pouco.

— Juro, uma palavra dele pode decretar o sucesso ou o fracasso de qualquer autor! Quem você acha que descobriu J.K. Rowling?

— Não acredito, Ian!

— Estão vendo por que não gosto de beber? Depois de um copo, você já está delirando!

— Vamos, já para a mesa, homens!

Eis uma cena de vida normal. Viu só? Vou conseguir.

— Então, Monica, enquanto isso me deixe fazer os elogios necessários. Assim que li as provas de *O jardim dos ex*, disse a Ed que devia ser publicado imediatamente. É espontâneo, é original e muito bem-escrito.

— Ei, vá devagar com os elogios ou ela vai me pedir um aumento!

Dou pulinhos de orgulho.

— Daqui a mais ou menos um mês e meio sai o livro, faremos uma grande publicidade nos jornais e começaremos uma série de lançamentos nas livrarias mais importantes. Se conseguirmos, vamos colocar você até na televisão.

— É um grande investimento para a Lockwood & Cooper, faço questão de que saiba disso, nós apostamos muito em você. A administração me mata se eu gastar um tostão a mais.

— Mas o que você está dizendo, Ed, Morag adora você, é a única pessoa que pode pedir a ela o que quiser.

Morag? Quem é Morag?

— Que nada. — Ele abaixa o olhar. — Você está exagerando.

— Ed! Você gastou mais neste ano do que um agente comercial... comprou até sapatos!

— Mas eu caminho muito por causa do trabalho!

— E os charutos? Sei, com certeza, que você conseguiu receber uma caixa de charutos!

— Eu precisava dos charutos por causa de um cliente.

— Mentiroso! Você fumou tudo sozinho.

Mas quem é essa Morag?

— Vamos, Ian, estávamos falando da Monica, não se distraia.

Tarde demais…

— Sim, tem razão. Então, acho que o lançamento poderia ser feito na Waterstone's de Edimburgo e, se você me der a honra, gostaria de ser eu a apresentar o livro.

— Você faria isso?

— Faço muita questão.

— Diga que sim, Monica, ele está me atormentando desde que eu o fiz ler o livro.

— Eu ficaria muito feliz, Ian. — Tento sorrir.

Sim, ok, pode apresentar o livro... Mas quem é essa Morag? ARGH!!!

\* \* \*

De noite, na cama, fico tentada a torturar Edgar sem piedade, mas a experiência me ensinou que não se consegue extrair absolutamente nada torturando um homem: vou agir com astúcia.

— Edgar... Quem é Morag?

— É a responsável pela administração da editora.

Aaahh! É compreensível! Uma senhora de meia-idade com um fraco por Ed, nada de preocupante.

— Ed, você lembra como nós nos conhecemos?

— Claro... Estávamos no Central Park e você estava correndo com o cachorro.

— Mas o que você está dizendo??!!

— Não, desculpe, desculpe, você tem razão... No metrô, estávamos no metrô, você estava lendo e eu perguntei se o livro era interessante.

Não posso acreditar! Ele se esqueceu do nosso primeiro encontro!

— ED! Não estávamos no metrô!!!

— Não, é?... Caramba, e eu achava que sim... Mas então onde foi?

Me viro bruscamente para o outro lado e faço beicinho, mas Edgar começa a me fazer cócegas, e eu enlouqueço quando me fazem cócegas.

— Não, não, por favor, chega, tem gente que morre de tanta cócega!

Ele senta e me olha bem dentro dos olhos, depois dá um longo suspiro.

— Entro em uma loja de antiguidades na Quinta Avenida, estou desesperado, procurando um presente de casamento para a minha prima Evelyne com David Miller. Estou andando há horas e não encontrei nada; estou desanimado, não tenho vontade de ir a um casamento estúpido, mas sou obrigado, minha mãe me torturaria e você sabe que ela seria capaz disso... Começo a andar pela loja e já estou de saída quando um raio de sol captura a minha atenção. É a garota mais bonita que eu já vi, uma visão, um anjo...

— Ah, você está me zoando... Afe!

— Que nada, eu juro, fico encantado a ponto de não poder mais me mexer, não posso tirar os olhos dela, tenho que inventar alguma coisa; então pergunto quanto custa aquela taça de Murano da qual ela está tirando o pó e...

— E...?

— E ela me responde: "Ah, esta? Sabe o Santo Graal? Então... Quase isso!"

— Eu disse isso?

— Palavra por palavra.

— Sou doida!

— Adorei você imediatamente, era a primeira pessoa que me fazia rir em um mês.

— Tá, e o que eu disse depois?

— Depois você me mostrou outras coisas e por fim chegou a sua colega bonitona, dizendo para você continuar tirando o pó.

— Como "bonitona"? Você gostou da Stella?

— Era uma garota bonita.

— Você nunca me disse que gostava da Stella.

— Não é o meu tipo, mas reconheço que era uma bela garota.

— E qual é o seu tipo?

— Não quer ouvir a continuação da história?

— Não tenho mais tanta certeza — rebato, aborrecida.
— Espero que você não esteja querendo brigar.
— Não, só acho absurdo que gostasse da Stella.
— Não disse que gostava dela... Eu disse... Ai, meu Deus, você é impossível, ouça, quando isso tiver passado, me avise. Boa-noite. — Ele se vira.

Mas o que ele acha, que sou de ferro? Primeiro ele me diz que gostava de outra mulher e depois acha que isso não me aborrece? Será que é doido? Nunca vou conseguir dormir se não esclarecer isso.

— Ed, mas você gostava mesmo da Stella?
Não responde.
— Ed... vai, fala!
— Monica, não me irrite.
— Agora eu irrito você?
— Eu estava falando do nosso encontro e você se fixou em um detalhe, agora não tenho mais vontade de falar sobre isso.
— Você está sendo injusto.
— Não sou injusto e também não sou um garoto, às vezes acho que você se esquece disso!

Não falamos mais, e na manhã seguinte ele sai sem me dizer nada.

Fico mal, não gosto quando brigamos. Por que ele não entende que me incomodou?

E também queria saber a continuação da história, caramba! Agora tenho que achar um jeito de consertar.

Desço para tomar café da manhã e vejo que ele deixou um bilhete para mim na mesa.

"Stella era um canhão! Está feliz? Até a noite, ED."

* * *

Estou um pouquinho melhor, pelo menos se eu for levando as coisas um dia de cada vez.

A sensação de estranhamento total começa a se dissolver pouco a pouco e começo até a criar alguns pontos de referência.

Tenho um lugar para as minhas coisas; no armário dos utensílios do café da manhã, tenho os meus biscoitos preferidos, a minha escova de dente está no copo do banheiro junto com a de Edgar, e hoje à noite vou sair com uma nova amiga. É um bom começo.

Apesar de na noite passada eu ter sonhado que estava trancada em um baú.

Na redação, sou recebida como a rainha-mãe: encontro doces e café à minha espera.

Mr. Angus recomendou que não me faltasse nada, e Niall me olha e suspira.

— Pronto, chegou Sua Majestade, chamem o mordomo e os criados, vamos lá, rápido, desenrolem o tapete vermelho! — Siobhan ri, batendo as mãos.

— Parem com isso, não é engraçado. — Mas eu também rio.

Niall, obviamente, não ri; parece que não dorme há dois dias. Está com a barba comprida, a camisa com o colarinho amarrotado e umas manchas de café no casaco. Fuma demais.

Não tenho vontade nenhuma de provocá-lo, mas Mr. Angus aparece na porta e se encarrega disso e, ao contrário de Niall, está limpo e penteado.

— Monic, querid! — exclama, abrindo bem os braços.

— Hehe. — Acho que ele me cumprimentou, mas na dúvida...

— Você reerg'eu est jurnl.

Consigo ouvir nitidamente o barulho dos dentes de Niall rangendo.

— Vocs tods tem qu'aprendr co'ela.

— Mas o que o senhor está dizendo, Mr. Angus; sou uma principiante, eles são jornalistas de verdade.

— Mas que jurnalist d'verdad! São duas ants, 'specialmnt' o cabelud'.

Ai, meu Deus, que vontade de rir, ai, meu Deus, vou morrer; mas, se eu rir, Niall me arranca a jugular com uma mordida.

Niall se levanta e vai embora. Mr. Angus bate numa das têmporas com o dedo indicador.

— Desclp-o, ele é jovm e impulsv.

— Sim, mas já faz sete anos que ele trabalha aqui — informa Siobhan, levantando-se e ultrapassando Mr. Angus em uns bons vinte centímetros de altura —, e a ideia da coluna da Monica foi dele.

— Voc v'rou advogd d'Niall?

— Não. Mas eu acho que o senhor está enganado.

— Senhurit, tenh respeit, não gust q'alguém m'dig o q'eu dev fazr!

— Tha mi duilich, Mr. Angus.

— Est'bem, desculps aceits. Monc, precis falr com voc, venh'ao m'escritr!

Como sempre, não entendo bulhufas e fico parada na porta.

— Greas ort!

Olho para Siobhan atônita, erguendo as sobrancelhas.

— Vá ao escritório dele, mexa-se!

— Ah, ok, ok, era só dizer!

Ele me faz ficar no hall; o fedor do cachorro está cada vez mais forte, talvez tenha morrido e ninguém notou.

— Muit'bem, muit'bem, você é muit boa, vai ver qu vai fazr sucess aqu'dentr, o vilrjo está louc por caus dos seus artgs. Contnue assm.

— Obrigada, Mr. Angus, por essa grande oportunidade.

— Mas qu'oprtunidad, se funcionr e der dinhr, tud bem, senão tìoraidh! — E me dá tchau com a mão.

Sim, "adeus", me parece justo.

Saio e me aproximo de Siobhan.

— O convite para um drink esta noite ainda está valendo?

— Mas, Vossa Majestade, será uma honra. — E faz uma reverência.

— Como se diz imbecil em gaélico?

— Não vou te dizer nunca!

Edgar não vai voltar para casa hoje à noite, tem uma reunião e um jantar.

Margareth logo me convidou para ir à casa dela, mas quando eu lhe disse que já tinha outro convite, ficou fria.

Parece que ela não tolera não poder manter a vida dos outros sob controle, e comigo vai ser um osso duro de roer, porque não suporto ser controlada, nem eu mesma me controlo!

Respondi as mensagens de mamãe e de Sandra, mas não a de David.

Mas, quando abro a caixa de e-mails, vejo que, de qualquer modo, ele não desanimou:

O que houve com o seu famoso senso de humor?

Está emburrada comigo, por acaso?

Quando vai sair o seu livro? Estou impaciente, não vejo a hora de lê-lo.

Você está sempre nos meus pensamentos.
Um beijo
David

Bem, se você está querendo guerra...

Caro David,
não pude responder antes porque a artrite nas mãos e o mofo que se instala sobre o computador a cada dia me impediram de fazê-lo.

O livro está para sair, mas preciso perguntar uma coisa a você... David, sabe ler?

Porque, veja, na minha cabeça, você é alguém que se preocupa só com o modo como está vestido, se o seu carro está bem brilhante, se o seu celular é do último modelo, se seu iPod combina com as cuecas, não tem senso de culpa, é infiel por contrato e está convencido de que pode ter todas as mulheres do mundo.

Você se lembra de como Hugh Grant terminou em *O diário de Bridget Jones*? Bem, você vai ter o mesmo fim, eu garanto: vai encontrar alguém que vai bater em você como num tapete.

Sim, claro... Vai ter que ser alguém bem grande, mas mais cedo ou mais tarde você vai deixar de bancar o espertinho.

E além do mais, a esta hora você não deveria estar trabalhando? Não são onze horas aí? Por que não vai tentar seduzir a sua secretária? A massagista, a personal trainer, a atendente do Starbucks?

Como é? Já fez isso?

O que é, tem uma espécie de controle cruzado na sua lista de csa? (Cretinas Seduzidas e Abandonadas) para aumentar ainda mais o seu ego?

Mate uma curiosidade minha, você faz uma cruzinha simples ao lado de cada presa e duas cruzinhas quando consegue levá-las para a cama numa segunda vez?

Não somos mercadorias de troca, David, temos sentimentos, eu tinha sentimentos por você, e eram muitos, mas você me usou e eu não posso me esquecer disso.

Não posso me esquecer das noites que passei chorando, das horas esperando uma mensagem sua, assim como não posso esquecer como eu fiquei mal quando soube que você estava com Evelyne.

Por isso, eu peço, pare de brincar com o coração das pessoas.

Ou, pelo menos, pare de brincar com o meu.

Monica


À noite, vou à casa de Siobhan.

Não vi nem falei com Margareth durante o dia inteiro, graças aos céus.

Levei uma garrafa de xerez que encontrei em casa; de qualquer modo, vai servir.

O bom deste microvilarejo é que dá para ir a pé a todos os lugares.

Está garoando e ventando. Caminho de cabeça baixa, com a gola levantada, e espero ver saindo do escuro, de repente, alguém com um casaco impermeável bege, que me olha e diz: "Doctor Livingstone, I suppose."*

A casa de Siobhan é muito perto do mar; pelas janelas brilha uma luz quente e acolhedora.

No capacho, um gato desenhado diz: "Watcha looking at?", que acho que está querendo dizer mais ou menos "tá olhando o quê?".

---

* Frase usada por um repórter americano ao encontrar na África um médico missionário que não fazia contato com o resto do mundo havia seis anos. (N. T.)

Toco a campainha e ela aparece vestida como um duende bêbado: estava com o cabelo assustadoramente vermelho e crespo e veste um casaco de veludo rosa, verde e azul cheio de espelhinhos.

Vestiu o filho de pajem e lhe faz jogar confetes sobre mim, enquanto ela entoa *God save the queen*.

Olho para eles com ar altivo e de realeza, e estendo a mão direita para Siobhan, dizendo:

— Lady Pembroke, Duque de York... descansar.

— Descansar?

— Ahn... Não sabia o que dizer...

— Este é Flehmen, o meu homenzinho.

— Oi, Flehmen — exclamo surpresa.

— Oi, é verdade que você é a rainha?

Olho Siobhan hesitante e ela pisca o olho.

— Claro que sou a rainha!

— Maneiro! — Sorri e vai embora.

— Você tem um filho!

— Claro! E as surpresas não terminaram, me dê aqui!

Pega a garrafa.

— Xerez... Vossa Majestade?

— Sim, encontrei em casa... o paraíso dos abstêmios.

— Não se preocupe, aqui nunca falta álcool!

Ela me acomoda na sala.

É um apartamento simples, mas muito quente, acolhedor e cheio de coisas.

Há um leve cheiro de mofo misturado com cheiro de lavanda que vem de um difusor de barro. Dois gatos dormem enroscados sobre o sofá.

Há lenços coloridos sobre todas as luminárias, que deixam a luz difusa e relaxante. Tomara que não peguem fogo...

Almofadas, pufes, leques, estranhos instrumentos de corda, um lustre chinês de papel-arroz, pincéis, folhas e carrinhos espalhados sobre um tapete peruano.

É uma casa muito mais viva do que a nossa.

Encontro Siobhan na cozinha, onde ela mexe freneticamente um molho vermelho que ferve como lava.

— Estou um pouco atrasada, mas daqui a dez minutos acho que vai estar pronto. — Ela me sorri toda suada e orgulhosa.

— Você sempre se veste combinando com os pratos que prepara?

— Viu que calamidade? Eu tinha que manter a tinta fixando por vinte minutos, aí minha mãe telefonou para me lembrar que sou uma irresponsável, inconsciente e imatura, e, quando parei de xingá-la e desliguei, já tinha passado mais de uma hora e meia!

— Imagine o que Mr. Angus vai dizer amanhã.

— Não quero nem pensar.

— Fioban, mas o qu voc fez nus cabels? Parec'um extintr. — Começamos a rir.

Ao sentar à mesa, descubro mais dois gatos dormindo nas cadeiras.

Ela é tão agradável, radiante e atrapalhada.

Flehmen chega correndo e abraça a mãe pelo quadril.

— Socorro, assim você vai me derrubar, querido!

— Mamãe, a rainha vai jantar conosco?

— Sim, Flem, a rainha vai nos dar essa honra hoje à noite. Está contente?

Ele me estuda com a testa franzida e um dedo sobre os lábios.

— Sim, estou contente.

— Viva, estamos todos contentes! Vamos lá, vamos comer esta gororoba.

Siobhan serve o espaguete nos pratos e coloca o panelão com o molho vermelho no centro da mesa; então, com a colher de pau, serve três colheradas em cada prato.

Os fios de espaguete começam a boiar junto com bolas de carne e pedaços de cebola crua.

— Humm, espaguete à bolonhesa.

— Sim, eu fiz para você poder se sentir em casa!

— Ahn, sei que vou desiludir você, mas não existe espaguete à bolonhesa na Itália.

Ela deixa o garfo cair:

— Tá brincando!

— Juro!

— E eu que acreditei nisso por anos...

— Ah, mas são milhões que acreditam nisso. Não sei quem foi o brincalhão que espalhou essa notícia, mas funcionou.

Coloco na boca a gororoba fumegante. Já manchei a blusa e a calça, mas não disse nada, é uma batalha perdida. O espaguete está mole e sem sal, o molho é líquido, salgadíssimo e tão picante que faz meus olhos se encherem de água.

Tomo um gole de vinho, com o suor formando pequenas pérolas sobre meu lábio superior.

Meu Deus, que calor!

— Você gostou?

— Ahn... sim, está muito bom.

— Tá falando sério?

— Muito bom... sim. — Limpo a boca e sorrio com os dentes apertados.

E com os dentes apertados, murmuro:

— Por favor, me matem!

Flehmen começa a rir com a boca aberta, cuspindo todo o espaguete.

— Pizza congelada?

— Por favor!

Lá pelas onze, Flehmen vai para a cama e eu e Siobhan nos sentamos no chão da sala para terminar a garrafa de vinho e começar o xerez.

— Mas você gosta de xerez?

— Nunca provei. Minha avó que o bebia naqueles copinhos finos.

— É muito retrô...

— É... Então, você está aqui por amor?

— Sim. E você?

— De certa maneira, também.

— Você é casada?

— Eu era, quando morava na Irlanda, e daí... uma confusão que você nem imagina.

— Posso imaginar.

Ela se serve de mais vinho.

— Não, não pode.

Reflito sobre o motivo das histórias sem final feliz serem maioria. O que será que aconteceu com ela?

— Flehmen é um nome irlandês?

— Ah, não, é o nome da cara que os gatos fazem.

— Os gatos?
— Sim, quando franzem o nariz.
Essa aí é outra doida.

A volta a pé não é tão agradável como a ida.

O vento aumentou e não há ninguém em volta. Talvez Edgar tenha voltado para casa, mas o telefone dele está desligado.

A casa está envolvida pela escuridão. Não me sinto segura; estou com frio e aperto o casaco contra o corpo.

Quando as pessoas dizem que gostariam de morar na Escócia para desfrutarem do maravilhoso silêncio quebrado apenas pelo barulho do mar, talvez queiram dizer: "ficar duas semanas em um confortável hotel cinco estrelas."

A casa nunca me pareceu tão sinistra, e a chave não está girando direito. Se pelo menos tivesse a Frau Blücher para abrir.

Vamos, vamos, porta de merda, abra, vai, força... Vaiiii... Chave do cacete... Aposto que a mãe dele trocou a fechadura... Pronto... abriu.

Me espremo para passar por uma abertura minúscula e fecho rapidamente a porta atrás de mim. Depois fico imóvel.

Está totalmente escuro, o interruptor está longe e não consigo encontrá-lo.

Fico parada, paralisada, como no sonho. Acho que vou ter um infarto.

Coragem, Monica, não é nada, não tem ninguém, nenhum fantasma, nenhum lobisomem, nenhum cavaleiro sem cabeça, nenhuma bruxa presa nas paredes, nem mesmo Margareth...

Ai, meu Deus, não aguento, quero minha mãe!

Me achato contra a parede, movendo-me como uma lagartixa, e apalpo a parede com as mãos.

Até o assassino de *O silêncio dos inocentes* com óculos de raios infravermelhos morreria de rir se me visse agora.

Clic. Achei.

Graças a Deus achei o interruptor, que coisa linda que é a luz.

Subo correndo as escadas sem me virar, entro no quarto e o fecho à chave.

Meu Deus, que medo.

Sento na cama, toda suada. Tenho arrepios na nuca.

Tem como ser mais cagona?

E o meu namorado, onde está? Onde está quando preciso dele? E eu que ainda recolho as suas cuecas...

Desde que estou aqui, devo tê-lo visto umas seis vezes, não sei nem o que está fazendo e se estou fazendo as coisas certas. Estarei à sua altura? Estará pensando em me deixar? Como é difícil.

Há semanas que não compro a *Cosmopolitan*. Como faço para entender os sinais dele sem fazer o teste *Descubra os sinais dele*?

Olho em volta com uma sensação desagradável. Essa também não é a minha casa. Não a construímos juntos, aqui ainda não há as nossas lembranças, o armário não é meu, mesmo que minhas coisas estejam dentro dele, e tenho uma espécie de medo de encontrar algo que não me agrade, que lance uma sombra sobre Edgar, que me faça descobrir algo que me desiludirá para sempre, como um boá de plumas cor-de-rosa...

Além do mais, por que ele só tem meias roxas? Deve haver pelo menos uns 30 pares na gaveta. E por que ele guarda separados os pés de sapato direitos dos esquerdos em duas sapateiras diferentes?

Enquanto eu reflito sobre o significado oculto dessa descoberta, e se é uma boa ideia ou não perguntar para ele, eu o escuto entrar em casa.

Ainda bem, ainda bem, não estou mais sozinha.

— Eeeed! — chamo das escadas.

Silêncio.

— Gatinho? ... É-é você?... Não é?...

Desço bem devagar as escadas e chego na cozinha, onde o vejo agachado diante do móvel que contém as garrafas.

Ele passa as mãos no rosto, nos cabelos, está muito agitado e nervoso, aponta rapidamente para as garrafas como se as estivesse contando em um ritual que não consigo entender, da esquerda para a direita e vice-versa.

— Ed?

Ele se sobressalta, se vira bruscamente e me olha como se eu o tivesse perturbado bem no meio da invenção da fórmula para transformar o lixo radiativo em biscoitos de gengibre.

— Tudo bem?

— Você pegou uma garrafa, Monica?

— Eu? Não.

— Aqui tinha uma garrafa e agora tem um buraco vazio.

— Ah, o xerez... Sim, eu o levei para a casa da minha amiga para não chegar de mãos abanando, sabe?

— Quem te disse pra fazer isso?

— Ninguém, mas você não bebe, e eu sim, e achei que isso não interessava a você, tem um monte de garrafas lá embaixo e nem toca nelas!

— Não é problema seu se eu não toco nelas, Monica, você não tinha o direito de pegá-las, aquelas garrafas moram ali. — Afrouxa a gravata.

— Ed, querido, o que você tem? — Aproximo-me para abraçá-lo, mas ele se afasta.

— Desculpe, mas vou para a cama, estou muito cansado.

— Ed, mas o que eu fiz? Está com raiva de mim?

— Você não vai entender, Monica.

— Não vou entender? Mas o que todo mundo tem hoje que ficam me dizendo que não vou entender? Que saco!

Eu o persigo escada acima.

Ele entra no quarto e se tranca no banheiro.

Começo a bater como se estivesse possuída.

— Ed, saia daí, temos que conversar!

Nada.

Ouço o barulho do secador de cabelos ligado.

— Você acha que isso é hora de lavar os cabelos?... Não vamos para a cama se não conversarmos, juro que ficarei de guarda na frente da porta até você sair!

A porta se escancara de repente e eu caio para trás.

— O que você quer de mim, Monica?

— Quero que você me explique, que converse comigo. Nunca nos encontramos, não sei o que você faz, nunca me fala nada, não te reconheço mais!

— Mas tudo o que faço é trabalhar, onde você acha que eu vou?

— Não sei, o que eu deveria pensar? Estou sozinha aqui. Não tenho ninguém com quem conversar, a sua mãe liga toda hora, entra aqui quando quer e, não satisfeita, lava a sua roupa de baixo. Você compreende isso? Ela lava as suas cuecas. Você tem 50 anos e a sua mãe lava as suas cuecas!

— Mas por que isso incomoda tanto você, Deus do céu? De que importa se a minha mãe lava as minhas cuecas, por acaso você quer lavar? Ah? Quer lavar as minhas cuecas? Pode pegar, vá em frente, tem uma gaveta cheia delas, pode se servir! — Ele escancara a gaveta.

— Tudo bem, vou me servir, depois, quem sabe, você me explique por que tem 200 meias roxas e, já que estamos falando nisso, me explique por que não guarda os sapatos juntos.

Estou fora de mim, como nunca estive na minha vida, e ele fica surpreso e perturbado, como se tivesse sido pego no ato.

Fica quieto por um instante, respira e se vira para a parede, procurando se acalmar, depois gira de novo na minha direção com uma das mãos nos quadris e a outra sobre a boca:

— Simplesmente porque não é da sua conta, Monica. NUNCA mais se meta na minha vida! — grita, apontando o dedo para mim.

Edgar sai batendo a porta.

Estou chocada e amargurada.

Magoada e arrasada.

Ele nunca me tratou assim. A nossa primeira briga verdadeira e feroz. Eu o ouço sair, bater a porta, pegar o carro e ir embora.

Tudo gira à minha volta.

Ai, meu Deus, o que foi que eu fiz?

Já passou das três da madrugada e ele ainda não voltou. Estou tomada pela angústia e pela ansiedade.

Mas o que me deu para tratá-lo daquele jeito? E ele, o que estava fazendo no chão com aquelas garrafas?

Mas por que não comprei uma? Afinal, era coisa dele, talvez fosse a garrafa que ele iria abrir com a esposa pelo aniversário de casamento.

Não, não, não, não, tenho que parar de ter pensamentos ruins.

Cubro os ouvidos como para deixar de ouvir vozes. Não é esse o jeito de enfrentar um problema; até uma principiante como eu deveria entender isso.

Preciso fazer alguma coisa, mas o quê?

Desço as escadas lentamente, enrolada na manta, e abro a porta da frente.

Paro por alguns minutos na porta de casa, tentando dominar o medo.

Faz um frio absurdo, mas me sinto tão mal por dentro que, embora meu rosto comece a formigar, quase não percebo.

Cai uma chuva com vento e, mesmo estando embaixo do alpendre, não posso evitar de me molhar.

Sem pensar, começo a caminhar ao longo da estradinha, na escuridão total.

Moz põe o velho focinho para fora da casinha e esboça um latido rouco, mas assim que me reconhece começa a me seguir à distância, mancando.

Caminho na escuridão da noite até o portão de madeira. Bato os dentes e as minhas pantufas estão encharcadas.

Onde você se meteu, Ed...

Saio pelo portão e caminho até a casa de Margareth. O carro de Edgar está ali fora, como eu desconfiava.

É tarde demais para bater, talvez seja melhor esperar até amanhã de manhã, mas não consigo deixar passar uma noite inteira com este peso e sem um esclarecimento.

Meu avô dizia que nunca se deve ir deitar com raiva.

Meu Deus, que constrangimento, devem ser umas quatro horas e eu estou ensopada e suja de lama.

Tento bater baixinho.

Espero.

Bato de novo.

Estou com o coração na garganta. Parece que toda a minha vida depende deste momento.

Tenho pavor de perdê-lo, não saberia o que fazer, ele é toda a minha vida.

Meu estômago está cheio de medo e apreensão.

Estou tentada a tocar a campainha, mas se a mãe dele acordar, imaginem só que papelão amanhã de manhã no vilarejo!

Inesperadamente a porta se abre e vejo a cabeça de Ed surgindo de lá de dentro.

Ele está zangado, triste e contrariado como eu, mas também está surpreso de me ver ali em pé, encharcada e de pijama.

— Monica..

— Você estava dormindo?

Abaixa a cabeça, depois me olha.

— Você acha que eu conseguiria dormir? Vamos, entre, você está toda molhada.

— Não, Ed.

Dou um passo para trás, a coberta cai de cima de mim, mas em vez de recolhê-la, olho para ele com lágrimas nos olhos, fungando. Estou exausta.

— Não, Ed, vamos para casa... para a nossa casa.

Ele me olha com a doçura que conheço, dá um passo adiante e me aperta junto a si.

— Você vai se molhar todo.

— Você acha que isso me importa, gatinha?

Ele me abraça tanto que me tira o fôlego, fico na ponta dos pés e sussurro no ouvido dele:

— Sinto muito.

— Eu também... eu também sinto muito.

Ficamos abraçados sob a chuva, imóveis, como se o mínimo movimento pudesse nos desmanchar em farelos, como duas estátuas de sal vítimas de um encantamento.

E, de fato, a bruxa não demora a aparecer.

— Eddy? O que está acontecendo aí?

— Nada, mamãe, volte a dormir.

— Tem alguém aí?

— É a Monica, mamãe.

— Quem?

Arregalo os olhos de surpresa. Como assim "Monica quem"?

Lá vem ela nos encontrar na porta; pelo menos vai me reconhecer.

Talvez.

— Ah, é você, Monica.

— Boa-noite, Margareth.

— Noite? Você quer dizer dia. — Aperta o roupão de flanela xadrez, com ar de quem está xeretando há pelo menos meia hora.

— Volte para a cama, mamãe, vamos para casa agora
— Mas...
— Volte para a cama, mamãe.

Ele recolhe a manta ensopada, abraça os meus ombros e lentamente nos encaminhamos para a nossa casa.

Sozinhos.

# Quatro

No dia seguinte estou com uma dor de garganta forte e Ed está com febre.

Ficamos abraçados a noite inteira para transmitir todo o amor do qual somos capazes, sem dizer uma palavra um ao outro.

Ele se encolheu junto a mim, me apertando, até o despertador tocar, ou seja, uma hora e meia depois de ter deitado na cama, e se limitou a fitar o teto e dizer: "Me diga que não é verdade." E com isso, como boa namorada atenciosa, corri para lhe preparar o café da manhã e ligar para Ian para dizer que hoje ele não irá ao escritório.

— Não acredito nisso, o Highlander nunca fica doente, passe o telefone para ele!

Ed, com esforço titânico, estica o braço na direção do aparelho e resmunga uma espécie de "alô".

— Sim, Ian, sei disso também, deixe comigo, fique tranquilo, tenho tudo sob controle, não tenha medo, você enviou os livros do crítico de arte? Cuidado, aquele lá vai nos encher o saco... humm, não, pode deixar isso comigo, cacete, o banco, lembre do banco, humm, ok, tchau.

Ele me devolve o telefone.

— Mas você é tão indispensável?

— Ian adora me pressionar.

— Que belo amigo.

— É um amigo querido, mas às vezes exagera.

Edgar está pálido, abatido e com a barba por fazer, e me faz lembrar *O operário*. Quando eu o conheci, ele parecia o Hugh Grant.

Não, agora estou exagerando.

Assim que ele liga o celular, o telefone começa a tocar sem parar (e são apenas oito horas).

Tento tirá-lo dele, sorrindo, mas Edgar tira o celular da minha mão de modo firme e decidido.

Desapareço dali, discretamente levando embora a bandeja do café da manhã, que ele nem tocou.

— Sim, Morag, pode falar.

Morag.

Sempre que fico mal não consigo entender se eu que sou hipersensível ou ele que é hiperseco.

Não me resta outra coisa a não ser descer e olhar os e-mails e depois correr para a redação, já que a minha presença aqui é totalmente supérflua.

Me sinto muito confusa e cansada, tanto por ter dormido pouco quanto por sentir que deveria encarar a história de ontem à noite, mas não tenho coragem.

Pronto, admiti a mim mesma, não tenho coragem.

Abro a caixa de e-mails e há duas mensagens, uma de Sandra e uma de David.

Sandra primeiro:

Oi, Monica,
como você está, querida? Eu tinha prometido mantê-la atualizada, então aqui estou eu. As notícias infelizmente não são as melhores.

Desde que Julius chegou, estamos todos muito tensos. Tenho a sensação de que ele decidiu vir me procurar não por amor ou por sentimento de culpa, mas para dar um sentido à sua vida vazia, já que ele não consegue fazer sucesso com a música.

Não sei, não é mais como era antes, não estou mais apaixonada por ele, e o fato de carregar a filha dele no ventre quase me repugna. Me assusta. Me dá nojo. Fico mal de falar assim, mas é a verdade.

Gostaria que ele não fosse o pai, detesto a ideia de termos alguma ligação e agora não tenho forças para enfrentá-lo.

Ele fica todo o dia na varanda tocando guitarra e bebendo cerveja, e até fez alguns amigos, outros desregrados como ele que não têm nada a fazer e cujas mulheres não os querem atrapalhando.

Eu, Mark e minha mãe nos desdobramos entre o trabalho, a casa e os preparativos para a chegada da nenê e ele nem se interessa: fica por ali, vadiando, sem um objetivo determinado.

Eu o odeio, Monica, juro que o odeio, não sei o que fazer, ele me dá tanta raiva que eu o mataria com as minhas próprias mãos!

Não me leve ao pé da letra, mas enfim, você entendeu. Um minuto depois me sinto culpada, porque me dou conta de que ele é o pai da minha filha, e você sabe como eu queria que formássemos uma família.

Não consigo entender se a minha rejeição em relação a Julius é por causa do que ele me fez sofrer ao me abandonar ou se eu não estava realmente apaixonada.

Monica, parece que fiquei louca, eu não sou assim, só tive dois namorados na vida e os sinais indicavam que ele era o homem da minha vida; as cartas, os fundos das xícaras, tudo.

Não sei o que fazer.
Desculpe o desabafo.
Com carinho,
Sandra

E depois David:

Cara Monica,
refleti cuidadosamente sobre aquilo que você disse. Não sei o que dizer, não achava que tinha tido uma postura tão arrogante.

Pensei muito, de verdade, e como você vê, não respondi imediatamente.

A nossa história foi uma grande zona, admito, eu estava com Evelyne e, para dizer a verdade, não estava muito concentrado em nós. Você me fazia rir, e estávamos bem no começo, mas depois você ficou paranoica, ficava me ligando, mandando mensagens, não me deu tempo de refletir, de entender, eu precisava respirar. Eu estava em um relacionamento longo e não me sentia pronto para iniciar outro.

Você me apressou, e eu preferi ficar em uma relação segura, mesmo que tediosa e desgastada.

Errei, não ponho isso em dúvida, mas não poderia ter agido de outra maneira.

Você era insuportável, nenhum homem teria aguentado os seus ataques.

Uma média de quatro mensagens por dia, mais uns dois e-mails e pelo menos mais quatro ligações e, depois, se eu não respondia, ligações anônimas.

Não sei se na Itália é diferente, mas aqui não é assim: um homem deve se sentir desejado, não assediado!

E eu deixei você, e tenho que dizer, estava aliviado e tinha a certeza de ter feito a escolha certa: eu casaria com a minha namorada oficial e fim da história.

Quando vi você com Edgar no meu casamento, comecei a pensar que tinha tomado a decisão errada, vocês ficavam muito bem juntos, me davam raiva.

Sei que parece sacanagem, eu estava me casando, mas estava me casando com uma mulher que conhecia desde a escola, quanta novidade! Se não fosse pela lua de mel, nós provavelmente teríamos ido ao restaurante indiano como todas as quartas-feiras. E talvez, pelo jeito como as coisas aconteceram, teria sido melhor.

Nós fomos a Roma, sabia? Onde você mora, se não me engano (perdão, onde você morava antes de virar escocesa). Me apaixonei pela cidade, com o seu clima, o sol, a comida e as mulheres lindíssimas.

Nós brigamos na noite da nossa chegada e eu saí para dar uma volta. Devo ter voltado ao hotel lá pelas duas.

Abri a porta da suíte, tinha bebido bastante e não percebi imediatamente as vozes no outro cômodo, parecia a televisão.

Fiquei sentado na salinha escura, depois percebi que havia algo estranho, escutei risadas e reconheci a voz da minha esposa.

Entrando no quarto, eu a chamei e a ouvi dizendo "Cacete, é o David!".

O resto eu lembro como um sonho; abro a porta e vejo Evelyne deitada na cama, vestindo só o sutiã e segurando uma taça, e uma garota nua ajoelhada no chão, derramando champanhe na barriga dela.

Estavam ali paradas, me olhando surpresas, mas não conseguiam parar de rir. Nem se deram ao trabalho de se vestir ou fingir que estavam constrangidas.

Os meus amigos me zoaram, dizendo: "Se eu fosse você, meu amigo, teria me jogado no meio", e isso diz bastante sobre o nível mental deles, mas foi uma coisa sórdida e eu me senti péssimo.

Voltamos no dia seguinte e nunca mais nos falamos. Ela nunca mais me dirigiu a palavra, não me pediu desculpa, nada.

Isso me fez entender muitas coisas.

Você é diferente, Monica, é uma garota sensata e sensível, e agora eu sei como alguém se sente quando é magoado.

Não tenho mais pensado muito nisso, mas te garanto que nunca mais consegui ver um filme pornô.

Bem, agora estou exagerando, mas pode perguntar a qualquer um, nunca escrevi para nenhuma mulher antes, e se estou fazendo isso é porque você está no meu coração.

Me perdoe se eu lhe fiz algum mal, não era a minha intenção.

Você vai me ligar? Atenção, porque se você não me ligar eu ligo!

Um beijo, David

Procuro rapidamente as últimas novidades sobre a história de Paris Hilton, que perdeu seu cachorro e o reencontrou; talvez não seja o mesmo cão, mas ela não notou. Ela esteve presente na abertura de um lugar com o seu nome, e chegou com oito horas de atraso.

Chega até mim a voz de Edgar, falando ao telefone como um operador da bolsa.

Termino o artigo falando sobre reconstrução de unhas.

Subo para dar um beijinho nele, enfio a cabeça na porta e dou tchauzinho com a mão, e por sorte ele desliga o celular. Pulo na cama rápida e sorridente como um gato.

— Como você está se sentindo, meu amor? — Coloco a mão na testa dele.

Ele me olha desanimado.

— Seria melhor se eu tivesse ido trabalhar.

— Você não pode descansar um pouquinho?

— Estamos cheios de trabalho, tem o fechamento da contabilidade, a nova coletânea para ser lançada, autores que pedem cachê de presença, todas as sessões de autógrafo para organizar, a garota do setor de imprensa em licença-maternidade.

— Eu posso ganhar o cachê de presença?

Ele me fulmina com o olhar.

— Ok, entendi. Já vou. — Eu o abraço e o beijo na bochecha.

— Mr. Angus me disse que você está arrasando.

— Parece que sim — digo, abaixando a cabeça e sorrindo constrangida.

Parece meu pai me parabenizando depois da reunião com os professores: "Ei, Monica, o professor Betti disse que você é a melhor da classe em latim... Continue assim, no próximo ano tem o vestibular."

— Bem, vou indo. Quando voltar, vou cozinhar para você, quer?

— Sim, quero — diz sorrindo, depois seus olhos assumem uma expressão triste.

Ai, cacete!

Por que é que tudo que o faz lembrar do casamento precisa jogá-lo no mais profundo desespero?

De qualquer maneira, se ele me impede de ajudá-lo, não posso fazer mais nada, a não ser observá-lo discretamente de longe.

Talvez seja isso o amor...

Na estradinha encontro Margareth, que, com suas perninhas finas, vem andando rápida na direção de casa, vestindo seu casaco husky azul.

— Oh, Monica querida, está de saída?
— Sim, vou até a redação.
— Com Edgar doente?
— Doente... Está com 37 e meio de febre e dor de garganta, mas sobreviveu à noite… — Tento brincar.
— Pobrezinho, vou fazer canja de galinha para ele, e ficará como novo.
— Ele vai ficar contente.
— Adora canja de galinha.
— É... Quem é que não adora canja de galinha?!
— Bem, nos vemos depois.
— Sim.
Depois também?
A rainha-mãe sai trotando satisfeita.
Eu odeio solenemente canja de galinha e todos aqueles que a preparam.
Na redação, novidades me esperam.
Niall foi rebaixado mais ainda, e a escrivaninha dele foi dada a mim.
Ele está recolhendo suas coisas, Siobhan me olha e faz um sinal para eu ir falar com ele. Seus cabelos, à luz do sol, estão fluorescentes.
— Desculpe, mas o que está acontecendo?
— Oh, chegou o grande nome do jornalismo mundial — late Niall —, o Pulitzer do copiar e colar. Diga aí, Monica, há quanto tempo você escreve? Duas semanas? Um mês? — Ele se aproxima, ameaçador, com os braços cheios de folhas e canetas. — Estou perguntando porque talvez você não saiba, mas há quem estude para fazer este ofício, trabalha duro escrevendo artigos, fazendo entrevistas incômodas, expondo-se na linha de frente. — Abaixa a voz e acrescenta em tom bajulador:

— e também há outros que chegam lá por outros "méritos". — E me lança um sorriso irritado, apertando os olhos.

— O que você está querendo dizer, Niall?

— Nada mais do que eu já disse. Pronto, a escrivaninha é toda sua, eu fui rebaixado para o porão.

— Mas...

— Sim, olhe, não me interessa, qualquer coisa que você tenha para me dizer, não me interessa. — E sai batendo a porta.

— ... a ideia foi sua — murmuro para o vazio.

Siobhan continua sentada na sua escrivaninha e me olha com o lápis na boca.

— Caramba, desde que você veio para cá não dá mais para ficar entediada!

— Não acho isso engraçado.

— Niall é um cara legal, precisa trabalhar porque seu pai está doente, então nunca vai deixar este escritório e nunca irá embora de Culross. Mr. Angus sabe disso e se aproveita.

— Mas o que eu tenho a ver com isso?

— Então fale com Mr. Angus.

— EU? Você já viu o que acontece quando eu me aproximo? Sessenta por cento do que ele me diz eu não escuto, 30 por cento não entendo e 10 por cento, invento!

— Seria um belo gesto da sua parte; afinal, a ideia de fazer com que você escrevesse foi de Niall.

— De que lado você está, Siobhan? Eu tive uma noite terrível, sabe?

— Ah, ok, não era por nada, achei que seria uma boa ação... mas por quê? Não foi legal ontem à noite?

— Sim, na sua casa foi legal; foi depois, na minha casa... — Quase digo "você não entenderia", mas mordo a língua.

— Vocês brigaram?

— Humm, sim, foi bem complicado... Mas nada que você possa resolver... Está bem, vou falar com Mr. Angus.

Não sei o que está acontecendo comigo, mas todos me parecem um tanto estranhos; talvez seja melhor não confiar muito em ninguém.

Bato baixinho na porta.

— Com licença?

— Entr! Entr! Venh' minha querid'.

Minha nossa, Mr. Angus está com um penteado novo, mudou o lado do aplique.

— O qu' me troux de nov?

— Nada, quer dizer, eu tenho um artigo novo, mas não é sobre isso que queria falar com o senhor.

— O qu'est'acontecend? É sobr'o dinheir? Quer falar sobr' dinheir?

Bem, ai, meu Deus, já que estamos nesse assunto...

— Não, quer dizer, também, mas queria dizer que, talvez...

— Minha filha, não tenho temp'a perdr, ou voc' desembuch'ou nos vems quand decidr o que quer dizr.

— Não é justo que Niall seja rebaixado por minha causa — ponho para fora de uma vez só.

— E o que t'interess? — exclama sem erguer a cabeça e limpando as unhas com um palito de dentes.

— A ideia do artigo com pseudônimo foi ideia dele... Não vejo por que ele não possa ter direito nem mesmo à própria escrivaninha.

— Você a paladin dos oprimids? Olhe, senhurit, aqu'eu não precis' de ninguém. Se est bem par'voc, fiq', se não est bem, *ciao* — acrescenta em italiano.

É melhor eu colocar o rabo entre as pernas e ir embora dando um belo sorriso e deixando o novo artigo antes que ele também me mande para o porão.

— Era só por dizer, obviamente o senhor tem sempre razão... *Mar sin leat*, Mr. Angus!

E me desmaterializo através da porta.

— Que puxa-saco! Não posso acreditar! Você se despediu dele em gaélico.

— Pode parar de espiar, Siobhan?

— É mais forte do que eu, não consigo.

— O que mais podia fazer? Me sacrificar por Niall? Me jogar aos pés dele e implorar que não seja malvado com Niall? Não vamos exagerar...

— Até que você foi gentil.

— O que está fazendo, me zoando?

— Não, acredite em mim, eu achava que você não faria isso.

— Você quer dizer que estava me testando? — Olho para ela, séria.

— Sabe como é, não conheço você, mas Niall eu conheço desde que cheguei aqui.

— Você tem uma história com Niall, confesse!

Agora Siobhan está na defensiva.

— Não, não, você está enganada.

— Qualquer um que diga "não, não" com essa rapidez está escondendo alguma coisa. E, além do mais, você ficou com o rosto vermelho e não é o reflexo dos seus cabelos.

— Claro que não, ele nem é meu tipo.

— Vamos fazer um pacto: eu tento usar os meus poderosos meios para fazer Niall voltar às graças do Mr. Angus e você me ajuda a descobrir os "segredos de Culross Place".

— O que você quer dizer?

— Você tem que me ajudar a entender por que todas as pessoas do vilarejo me olham com desconfiança, principalmente desde que souberam que estou com Edgar. Me ajude a entender o que há por trás disso, quem era essa Rebecca, como ela morreu, et cetera, et cetera. Afinal, você é uma jornalista, não?

— Está bem, eu topo.

Ao sair, passo pelo porão para me despedir de Niall; estou quase abrindo a porta, mas hesito quando ouço um leve gemido vindo de dentro, parece que ele está chorando.

O mercado de trabalho está mesmo podre.

Eu chego e em três tempos tenho uma coluna onde posso escrever o que quiser (só falta a minha foto, infelizmente), e esse pobre coitado, com o pai doente, tem que ficar em um porão úmido.

Nem Dickens faria melhor do que isso.

Vou conversar com ele amanhã; agora preciso correr e ver como está o meu doentinho.

A brisa do mar é penetrante e gelada, mas estou começando a me afeiçoar a este lugar esquecido por Deus, a essas casas amarelas, ao único hotel, ao campanário da prefeitura.

E à senhora bigoduda, que vou encontrar daqui a um segundo.

— Boa-noite, senhora — exclamo com o meu melhor sorriso.
— 'Noite — responde, quase educada, sem nem se virar.
— A senhora está bonita!

Ela se vira discretamente para ver se estou falando com alguém atrás dela.

— Eu?
— Sim, a senhora está ótima, cortou os cabelos?
— Não, só estão penteados.
— Então me permita dizer, a senhora é muito boa nisso...

E, com essa minha tirada e com meu sorriso de orelha a orelha, a senhora vacila.

— Obrigada. — Sorri.
— ... E o seu é o melhor pão que eu já provei!

E ela acredita.

— Ah, meu Deus, que gentil. Você ouviu a senhorita, Magnus? Ela me disse que o meu pão é o melhor que já provou e a senhorita conhece o assunto... É italiana!
— Eu tinha dito que a senhorita era simpática, mas você...
— Calado, trapalhão, o que está dizendo? — E lhe dá um tapa nas costas.

He! he!... A nova tática do puxa-saquismo radical é ótima.

Pego o pão e vou para casa, onde estão me esperando Edgar, Ian e a indefectível mãe.

Margareth está cozinhando e Ian está trabalhando com Edgar no nosso quarto.

— Oi, querida — diz ela, secando as mãos em um pano —, hoje à noite sou eu quem vai cozinhar para vocês.
— E imagino que não precise disso — digo, mostrando o pão que acabei de comprar.
— Não, eu fiz pão caseiro.
— Mas que hábil, espero que me ensine algum dia.

Agora estou exagerando, meu nariz vai crescer e minhas pernas vão encurtar abruptamente.

Enquanto subo as escadas da minha "não casa" para ir para o meu "não quarto", tenho uma imagem de mim, de pé, sobre a mesa da cozinha, rodopiando um chicote de nove tiras, e Margareth, Mr. Angus, Niall e a senhora bigoduda me pedindo piedade.

Abro a porta e vejo Edgar e Ian trabalhando na nossa cama coberta de folhas, livros, celulares e uma nuvem de fumaça.

O trabalho sujo vai sobrar para mim, obviamente.

— Meninos, não dá para respirar aqui dentro — digo, abrindo a janela.

— Desculpe, mamãe, não vou fazer mais — diz Ian.

— Mamãe?

Na lista das dez tiradas infelizes ele escolheu a mais babaca, dadas as circunstâncias.

— Como está se sentindo, Ed? — Pego a cabeça dele entre as mãos, apoio a face na sua testa e lhe dou um beijo.

— Agora estou melhor. — Ele me abraça forte.

— Ouça, Monica, escolha entre estes dois títulos: *A dança das lembranças* ou *O suspiro do tempo*?

— Ah, não sei, eu teria que ler o livro...

— Vamos, sem pensar, por instinto.

— Então *O suspiro do tempo*, apesar de os dois serem nomes de romance de mulherzinha.

— Sim, Edgar também acha, mas são títulos chamativos, que as pessoas adoram e compram, e é isso que queremos, não é?

— Sim, mas talvez o autor gostaria de ser consultado.

— Os autores não entendem bulhufas sobre títulos. Cada um tem que saber fazer o seu trabalho: vocês escrevem e nós cuidamos do marketing.

Descemos para jantar e Margareth preparou a mesa como se fosse para uma reportagem da revista *Elle Decor*.

Uma lindíssima toalha de linho bordada (cuja existência eu ignorava) serve como fundo a um esplêndido aparelho de jantar de porcelana de Sevrès (cuja existência eu ignorava), que acompanham refinadíssimos cálices pintados a mão (cuja existência eu ignorava), porta-guardanapos e molheira.

Só faltam os cartõezinhos de espaço reservado.

Onde estavam escondidas essas coisas? Ela trouxe tudo em uma mala ou, o que mais temo, trata-se do magnífico aparelho de jantar de casamento, escolhido por Edgar e Rebecca?

Perdi a fome.

— Que mesa maravilhosa, Marge — diz Ian, o puxa-saco, abraçando-a e dando-lhe um beijo na bochecha. — Esta mulher é fantástica, é a minha segunda mãe; aliás, vejo-a muito mais do que a minha.

— Que exagero, não sou nada, é só porque estamos todos juntos.

— Que cheirinho delicioso. Obrigado, mamãe.

— Vou pegar uma garrafa só para provocar você, Ed.

— Deixe comigo — exclama rápido Margareth, tira uma garrafa de vinho da sacola de uma loja, abre-a e a coloca na mesa.

Ian começa a encher os copos e Margareth se encarrega dos pratos.

— Posso ajudá-la? — pergunto, sem saber bem o que fazer.

— Não, querida, pode ficar sentada, deixe comigo.

Edgar parece um tiquinho nervoso, fita o buraco da garrafa que falta e tamborila com os dedos.

— Para começar, sopa de alho-poró, para esquentar vocês.

Ela nos entrega as tigelas fumegantes cheias de sopa cremosa.

Edgar e Ian parecem duas crianças esfomeadas, que acabaram de voltar da partida de futebol; eu não consigo pensar em outra coisa a não ser em "4000", que é o número de calorias que estou para ingerir.

E a seguir...

— Cervo assado com molho de groselha.

Uma coisinha simples; eu também, quando estou com um pouco de fome, preparo um assado de carne de cervo.

Obviamente, tudo está divino. A carne se desmancha na boca; o sabor forte do cervo é mitigado pelo molho levemente ácido da groselha. O pão com gengibre está quente e crocante e fica sublime com a manteiga salgada. O vinho californiano é despretensiosamente perfeito e, nesse carrossel de sabores incríveis, me dou conta de que não posso competir nem de perto com a carne à pizzaiola que cozinho.

Insisto em fazer o café, pelo menos isso, e o sirvo na sala.

Tomo cuidado para não sugerir um pouco de xerez.

É claro que Margareth também teve tempo de fazer alguns *oatcakes*.

Quando todos vão embora, vamos para o sofá namorar. Edgar ainda está com alguns graus de febre, mas acho melhor que ele vá para o escritório do que viver mais um dia de pesadelo como o de hoje.

É isso, este é um daqueles pequenos momentos nos quais você percebe que, se a sua vida parasse, seria perfeita. Instantes brevíssimos nos quais você sente a fragilidade das coisas, como se uma pedrinha no lugar errado bastasse para fazer desmoronar o seu castelo.

Instantes feitos para falar, para esclarecer dúvidas, para pedir confirmações, mas, em vez disso, todas as perguntas se grudam nas paredes do estômago e se olham, dizendo umas às outras: "Imagine! Por favor, a senhora primeiro!", e o momento mágico passa, e não dizemos nada: ele ficou em silêncio, perdido nos seus pensamentos, enquanto me acariciava a testa, e eu ali, com a minha lista quilométrica de perguntas, com a qual mentalmente faço uma bola e jogo na lareira.

A noite se anuncia angustiante.

Edgar não fecha os olhos, mas não se preocupa que eu esteja ali, me adaptando a cada uma das suas mudanças de posição.

— Amanhã vou estar um trapo — diz, levantando-se.

— E você diz isso justo para mim? — murmuro.

— Sim, mas você não tem reunião com o conselho de administração.

— Não, claro que não, por isso se eu não dormir não tem importância.

— Você não entendeu. Como sempre.

— Sim... Como sempre.

— Monica, você sabe que não está deixando as coisas mais fáceis para mim?

— Está querendo dizer que eu complico a sua vida? — Sento na cama.

— Eu também gostaria de ter apoio às vezes, sabe?

— E você não tem?

— Não, não tenho, porque você é desconfiada, ciumenta, exigente. É uma criança, e eu não sei o que fazer com uma criança.

— Edgar, você se dá conta do que está dizendo?

As lágrimas caem pelo meu rosto; tudo está indo para o espaço, ele está me deixando.

— Monica, você está me irritando, não estou acostumado a dar satisfações, não estou acostumado a ser julgado; eu me relaciono todos os dias com gente muito importante, sou estimado e respeitado, e me envergonha a ideia de que as pessoas saibam que na minha vida particular eu tenha que me comportar como um estudante do ensino médio. Preciso ter ao meu lado uma mulher que torne a minha vida mais fácil, não mais difícil.

— Edgar, mas eu...

Queria explicar a ele o meu ponto de vista, dizer-lhe que sua mãe se intromete demais, que a sombra da sua ex-mulher me esmaga, que me sinto sozinha e que tenho problemas, mas a ideia de ele me deixar é assustadora demais, eu a sinto como uma enorme onda de vento gélido que me paralisa.

Faria qualquer coisa para que ele não me deixasse. Qualquer coisa.

— Por favor, Ed... não fique zangado comigo.

— Eu não estou nem zangado, Monica... Estou desiludido!
— Choro como uma menina apavorada com o escuro.

A escuridão se aproxima, a mesma do sonho. E me engole. Lentamente. Pedacinho por pedacinho, e não posso fazer nada para impedir. É como a morte. Não posso fazer nada contra a morte.

Não tenho mais nem mesmo um farelo de dignidade, choro sem parar, choro até que ele me abrace forte e me embale nos braços, dizendo:

— Não chore, gatinha, vamos, não chore.

E bem devagarinho vou me acalmando, e sussurro que sinto muito, que vou mudar, que vou crescer, que ele vai se orgulhar de mim, e ele não diz mais nada, continuando a me embalar até que adormeço.

# CINCO

Gatinha,

falo com você de peito aberto.

O preço que paguei pelo direito a alguns anos de felicidade foi altíssimo: perdi tragicamente a pessoa maravilhosa que eu amava e desde aquele momento a minha vida parou; aliás, eu parei a minha vida.

Não queria e não devia merecer nunca mais um pouco de serenidade, não sem ela ao meu lado.

Eu não suportava não vê-la mais, não falar com ela, não tocá-la, e sobrevivia paralisado pelo silêncio atordoante desta casa.

A dor foi desumana, feroz como um animal que esquarteja você vivo, e fiz de tudo para não estar nunca mais em condição de abrir meu coração para ninguém.

Nunca mais queria correr o risco de reviver, mesmo que só por um instante, aquele sofrimento atroz.

E, dia após dia, aprendi a conviver com essa melancolia enganadora, que continuamente desentoca as lembranças enterradas na memória e que, no fim, provocou em mim um cansaço interior sem limites.

Você não tem nenhuma culpa disso tudo, e a única coisa que eu gostaria era conseguir viver o presente com você, mas, apesar dos meus esforços, é como se eu continuasse a me afastar.

Eu tento com todas as minhas forças, repito a mim mesmo que tive um golpe de sorte, que tenho que viver este amor, que tenho o direito de vivê-lo, que você tem o mesmo direito, digo a mim mesmo que juntos podemos conseguir, e que tenho que recomeçar a reestruturar a minha vida antes que seja, definitivamente, tarde demais.

Você não pode nem imaginar o que representa para mim: você é o meu milagre, o meu retorno à vida, o meu anjo, e sinto que amo você de um jeito que me assusta e que achava que não experimentaria nunca mais. E estou dilacerado, Monica: não posso pensar em não ter mais você ao meu lado, mas sinto que você é muito frágil para me apoiar e preciso de um amparo forte.

Não posso pedir que você cresça em uma semana, não posso ter a pretensão de que você mude porque não seria justo, mas peço que você não se concentre nas coisas estúpidas, em uma brincadeira, em uma palavra, porque não são as coisas mais importantes, mas nos levam para fora da estrada, nos fazem perder energia, e eu, agora, só tenho vontade de recomeçar.

Deixo você com uma poesia de Poe que amo muito e que espero que você goste também.

E hoje à noite vou levar você para jantar fora, só eu e você. Sozinhos.

Com amor
Ed

> O dia mais feliz — a hora mais venturosa
> que o meu ressequido e degradado coração já sentiu;
> a mais alta esperança de orgulho e triunfo
> sinto que escapuliu.

##  O Amor Não É para Mim

Poder, eu disse? Sim, assim eu acreditava
mas há tanto se esvaneceram — ai de mim —
as visões da minha juventude —
e que seja assim.

E tu, orgulho, o que me deixaste?
Podes bem herdar outra fronte
o veneno que para mim preparaste —
acalme-se meu espírito.

O dia mais feliz, a hora mais venturosa
que estes olhos verão — que nunca viram;
os refulgentes olhares de orgulho e triunfo
sinto que já partiram.

Mas se aquela esperança de orgulho e triunfo,
agora com a dor que *então* eu sentia,
me fosse de novo oferecida — aquela refulgente hora
outra vez não desejaria.

Já que obscuras escórias estavam sobre aquelas asas
e com a sua vibração uma maligna essência
dela chovia — fatal para uma alma
que bem conheceu sua existência.

Edgar Allan Poe, hein? Aquele do gato emparedado vivo, que escrevia poesias sobre as namoradas mortas…
Estamos indo bem!
Na porta do escritório está Niall, junto com o office boy, fumando um cigarro. Eu o cumprimento e ele me ignora.

— Monica, tenho grandes novidades! — começa Siobhan ao me ver entrar, então vê o meu rosto e muda de expressão. — Você está bem?

Eu a olho por um instante. Tenho uma necessidade desesperada de uma amiga, mas o que sei sobre ela? Se eu não a colocar à prova, não saberei nunca se posso confiar nela, mas o vilarejo é tão pequeno que não quero que se saiba por aí que eu e Edgar estamos em crise.

— Sim, ultimamente tenho dormido mal, deve ser a lua cheia.

— Você está com uma cara...

— É a única que tenho. — Procuro sorrir. — Vamos... Conte logo as novidades.

— Fiz umas perguntas por aí, você sabe que eu não sou daqui e, por isso, não conheço muitos segredos de Culross Place, mas as fofoqueiras não veem a hora de poder contá-los. Por exemplo: sabia que a filha do carteiro tem três filhos de pais diferentes? E que anos atrás um professor do ensino médio dava "aulas particulares" de educação sexual aos alunos? E que o filho de um pastor escondia cocaína no pelo das ovelhas? Descobriram quando as tosaram!... Bem, isso foi para tirar um pouco do drama. São todos muito reticentes quando se fala de Rebecca, uma parte suspira e uma parte sacode a cabeça.

— Isso eu também tinha notado.

— Os que suspiram são os piores, só dizem que "era tão bonita e tão inteligente e jovem e santa e blá-blá-blá" (já está me enchendo o saco, se me permite). Já os outros são os que contam os podres, e são os meus preferidos; afinal, sou uma jornalista.

— Siobhan, minha cabeça está doendo muito...

— Espere que vou chegar à questão: eles afirmam que Rebecca, a Santa, tinha um caso, que se cansou de ficar em Culross e que pensava em voltar para Londres. Na noite do acidente, que aconteceu há cerca de seis anos, parece que eles brigaram, talvez ela tenha dito que tinha outro e que queria ir embora. Pegou o carro, dirigiu sob uma chuva torrencial, saiu da estrada e morreu na hora.

— Mas há testemunhas?

— Alguém ouviu a briga, pessoas que passavam pela rua, mas aqui todo mundo só quer cuidar da própria vida.

— Siobhan, jure que não dirá a ninguém o que vou contar.

— Palavra de escoteiro!

— Por que às vezes você é tão anos setenta?

— Porque eu nasci nos anos setenta.

— Uma vez Edgar me contou que ela sofria de depressão, que estava sob os efeitos de antipsicóticos, desde que se mudaram de Londres para cá, porque ela havia parado de trabalhar. Na noite do acidente ele não estava, ela havia bebido, tinha tomado uns comprimidos, e saiu de carro de pijama. E depois morreu.

— Não sabia que estava deprimida.

— A mãe dele também me disse que ela era "cheia de vida" — digo, imitando as aspas com os dedos e a vozinha estridente da bruxa da Branca de Neve. — Mas por que Edgar mentiria para mim?

— Talvez porque a verdade o machuque demais?

Não me agrada. Não me agrada nem um pouco toda essa história. Não posso acreditar que Ed esteja mentindo para mim, não posso imaginar que aquilo que ele me disse até agora seja mentira; no entanto, sinto um embrulho na boca do estômago, como um sinal.

O meu celular toca; é David, pontual como os impostos. Me enfio no banheiro.

— Meu amor!

— Não sou o seu amor, David.

— Recebeu o meu e-mail?

— Sim, mas não pude responder, ia fazer isso hoje à noite.

— Você anda muito ocupada, nem pensa mais em mim!

— Não é que não pense mais, juro, é que tenho um monte de... trabalho.

— Então você pensa um pouquinho em mim, né?

— Um pouquinho... sim, mas porque você é meu amigo.

— Claro, só um amigo, sei.

Como eu gostaria de conversar com ele, pedir um conselho, afinal ele também mudou, era um imbecil imaturo e agora cresceu.

— David... aqui não é como eu pensava.

— Sinto muito, Monica, posso fazer alguma coisa? É para eu quebrar as pernas dele?

— Não, não, fui eu que talvez tenha criado muitas expectativas.

— Mas o que está acontecendo? Vocês estão brigando?

— Sem parar, David. — Meus olhos se enchem de água. — Agora tenho que desligar, estou no trabalho. Escrevo para você depois.

— Monica, faça isso, por favor, estou ficando preocupado.

Desligo e enxugo os olhos.

Ele não é um amigo, é verdade, mas me conhece há mais tempo, conhece Edgar, já namoramos, quer o meu bem; quem mais pode me ajudar?

## O Amor Não É para Mim

Agora, porém, preciso manter a minha promessa e falar com Mr. Angus para que Niall seja reintegrado. Me recomponho, saio, sorrio para Siobhan e bato na porta dele.

— Mr. Angus?
— Venh, venh, fiq'à vontad, princes'.

Princesa. Hoje está usando até loção pós-barba, que progresso!

— Falei co' o contadr sobr' o seu contrat', 'stá na hor' que voc ganh'alguma cois' tambm.
— Oh, obrigada, realmente, isso é uma coisa que estava querendo discutir com o senhor. Mas, desculpe se me permito voltar ao assunto, é sobre Niall que eu queria falar.
— Aind'ess'histór? Acho qu'eu já tinh'explicad'.
— Sim, sim, e o senhor foi muito claro — de verdade —, mas, veja, pelo bem do jornal é importante que estejamos todos de acordo, é fundamental formar um *team* unido.
— *Team*? S'vê que voc'esteve nos Estados Unidos! — Ele levanta e vem na minha direção, e eu, sentada, sou mais alta do que ele.

Mr. Argus me acaricia a face de um jeito que eu não consideraria paternal. Olho para baixo, constrangida; ele é meu chefe e não sei como reagir. Talvez seja melhor deixá-lo fazer isso.

— Voc'é bonit, Monic', muit' bonit'.

Sorrio, rígida.

— Obrigada — balbucio, e viro o rosto para o outro lado.
— Poss'acariciar voc?
— Ahn... O senhor já está fazendo isso.
— Por que na'm'dá um beij'?
— Um beij?
— Sim... Será o noss' pequen' segred'.

Ai, meu Deus, mas isso é assédio! É assédio de verdade; se eu der uns tabefes nele, vai me mandar embora, e se eu o beijar não vou ter coragem de me olhar no espelho pelo resto da minha vida.

Pego a sua cabeça engordurada entre as mãos e o beijo na testa como se fosse um sapo, mas ele não vira príncipe.

— Está bem assim?

— Para começr.

— E se eu lhe der um beijo, o senhor vai fazer Niall voltar para o lugar dele?

— S'é isso qu'voc'quer!

— Ok, Mr. Angus.

Abaixo os olhos e respiro profundamente. Estou enjoada pelo que estou prestes a fazer.

Ele está de pé ao meu lado, põe a mão no meu joelho e sorri para mim com um olhar lascivo.

Levanto os olhos na direção dele, me aproximo do seu ouvido e lhe sussurro:

— Abaixe as calças.

O vil Gollum solta obedientemente o cinto e abaixa as calças, ficando de cuecas e meias azul-marinho.

Ele é muito nojento e é pequeno, gordo e ridículo com o seu patético aplique oleoso; no entanto, isso não o impede de ser um depravado. Um coquetel mortífero composto por um complexo de inferioridade unido a um delírio de onipotência.

— Vamos fazer uma brincadeira, Mr. Angus, mas antes vamos fechar a porta à chave, porque não queremos ser perturbados, não é?

— Verdad', verdad', você'sperta, inteligent'e bonit'.

Tranco a porta, tiro a echarpe e me aproximo do Hobbit excitado.

— Posso vendá-lo, Mr. Angus?

— Sim, sim, por favr.

Vendo seus olhos com a echarpe, bem apertado, guio-o até a escrivaninha e o faço deitar com a cara para baixo.

— Diga, Mr. Angus, diga o que quer que eu faça com o senhor. — Pego o meu celular e começo a filmar essa desgraça da humanidade.

— Quero que me lamb'e me dê palmads.

— Ah, quer levar palmadas, Mr. Angus? — digo, levantando a voz.

— Sim, me dê palmads, dig'qu'sou o seu porc'.

Esse é o pedido mais fácil.

— Vams, Monic', and' log' com iss', assm o seu amic' Niall volta a trabalhr.

Bingo...

— Diga, Mr. Angus, o que sua esposa acharia disso?

— O qu' minh' espos' tem a ver c'isso? Vams, s'apress, toq'm, não estou aguentnd'.

— Veja, Mr. Angus — exclamo, tirando-lhe a echarpe dos olhos —, se o senhor tivesse se mantido mais atualizado com os tempos, saberia o que se faz hoje com os celulares.

Ele me olha interrogativo.

— O que o senhor acharia se mostrássemos o vídeo para os seus colegas do círculo para a proteção do gaélico? Ficou bom, o senhor faria sucesso.

Mr. Angus está roxo; se eu não tivesse certeza de que os cretinos como ele são resistentes, ficaria com medo de que ele se suicidasse!

— Monc', o que vai fazr? — Ele se veste de novo e tenta se pentear com as mãos. Está suando como um porco.

— O senhor agora vai chamar Niall, se desculpar com ele e lhe dar de volta sua escrivaninha. Depois vai comprar computadores novos e instalar uma conexão de internet super-rápida, e, por fim, vai comprar flores para a sua esposa, enquanto eu vou para casa gravar o meu filminho em um DVD, caso o senhor mude de ideia.

— Monc', por favr, a minha vid' est'acabad', por favr, quant'dinheir' você quer?

— Dinheiro? Para que serve o dinheiro quando se pode ter esse tipo de satisfação? Não se preocupe, Mr. Angus. — Sorrio, piscando o olho. — Será o nosso pequeno segredo!

Como é que eu consigo fazer esse tipo de coisa e na vida particular ser um desastre total?

Mais tarde, ligo para Ed. Estou com tanta adrenalina no corpo que não há nada que possa me assustar; certamente não uma velha mãe louca e uma esposa morta!

— Oi, amor, li o seu bilhete.

— Gatinha, estava com vontade de falar com você.

— E eu de ver você. Vai voltar cedo para casa?

— Vou fazer de tudo para chegar cedo; vamos jantar fora, conversar sobre nós, quer?

— Não vejo a hora.

Excelente, tudo vai ficar melhor, é só ter calma e paciência. Qualidades que desconheço.

Preciso responder logo o e-mail de Sandra.

Abro a caixa de e-mails e fico petrificada.

Cara Monica,

acho que você anda muito ocupada, porque vejo que não consegue me responder.

Quero atualizar você sobre o que tem acontecido ultimamente.

Estou tão para baixo que não consigo nem fazer a imitação de Mami...

As coisas estavam uma maravilha antes de ele chegar e agora estou desesperada; aliás, estamos todos desesperados.

Outro dia Mark decidiu enfrentá-lo, apesar de a minha mãe ter desaconselhado repetidamente que o fizesse.

Mas você o conhece, sempre acredita que pode restabelecer a paz e a harmonia, então foi falar com ele enquanto tocava violão na praia. Eram só onze horas e ele já estava meio bêbado.

Mark sentou ao lado dele, não sei se estava achando que era Jesus Cristo, mas o que quer que ele tenha lhe dito, o resultado foi sangue pelo nariz.

Muito sangue pelo nariz.

Depois saímos todos de casa, eu, minha mãe, minha irmã mais velha e a vovó. Parecia uma espécie de procissão de possuídas que berravam na praia, a mais desbocada de todas era a vovó, que o encheu de pontapés no traseiro e depois apontou para ele os famosos dois dedos e acredite, ninguém gosta que apontem os dois dedos para si, especialmente por aqui.

Depois a vovó lhe disse com aquela voz profunda: "Saia da minha propriedade ou vai ser a última vez que você fará isso com as próprias pernas."

Ele deu uma risadinha e depois se afastou dizendo: "Uuuuhh que medo, vovó, que medo, bruxa velha", e depois cuspiu no chão.

Há dois dias que não dá sinal de vida, mas eu sei que vai voltar e tenho medo por nós.

Não quero que ele veja a nenê, não quero que ele a toque, enfim, não quero que seja dele e tenho medo de que ele decida levá-la embora.

Mas me responda, preciso do conselho de uma amiga.

Com carinho,

S

Decido responder imediatamente para que ela saiba que estou presente.

Sandra, peço desculpas,

não me dediquei muito aos e-mails ultimamente, tanto por motivos técnicos quanto porque a minha vida também está uma zona.

Gostaria de poder dizer que está tudo bem, que tenho a vida que queria, mas não é assim.

A gente pensa que o amor é a única coisa que importa, mas depois percebe que o amor é quase a última coisa da lista e se vê tendo que lidar com um passado embaraçoso, os desentendimentos diários, os parentes intrometidos e a diferença de idade.

Mas chega de falar de mim, explique direito o que está acontecendo. Fale-me de Mark, de você, da nenê.

Eu entendo, ou melhor, tento entender como você se sente, mas Sandra, note bem que, quer te agrade ou não, Jazlynn também é filha dele, não pode impedir que ele a veja e não pode impedi-lo de ser o pai dela.

Quem sabe se você tentar chegar a um acordo, tentar fazer com que ele entenda como você se sente, mas não pode excluí-lo da sua vida, caso contrário você vai ficar doente e a nenê vai sofrer.

É melhor ter um pai idiota do que não ter pai nenhum. Acredite em mim.

Promete que vai tentar fazer um esforço?

O Amor Não É para Mim

Gosto muito de você, sabe disso, e sinto a sua falta.

P.S.
Você quer dizer que Julius quebrou o nariz novo dele? Cacete, ele pagou sete mil dólares por ele...
M

Edgar vai chegar daqui a pouco. Fico feliz que vamos sair esta noite.

Me visto bem elegante e o espero na sala, tentando socializar com o maldito gato branco.

Às sete ele chega e passa pela cozinha, eu me escondo atrás da porta para fazer o clássico e ridículo "buuu".

Eu sei que é uma coisa imbecil, mas é mais forte do que eu, de vez em quando eu preciso demonstrar a ele que estou mais perto dos 4 que dos 40 anos!

Estou atrás da porta, esperando para sair, e o olho pelo batente da porta.

Edgar entra pela porta de serviço, apoia a bolsa sobre a mesa e se inclina para olhar as garrafas.

Não, ele não olha para elas, simplesmente; ele as conta com o dedo e diz alguma coisa, resmunga algo, parece uma cantiga, uma cantiga familiar. Será que ele está falando com o seu amigo imaginário?

Fico escutando com a orelha enfiada na fresta. Mas essa é a cantiga do Holden Caulfield!* *"Gin a body, meet a body, coming throuh'the rye, gin a body kiss a body, need a body cry."*

---

* Personagem principal do romance *O apanhador no campo de centeio*, escrito por J.D. Salinger. (N. T.)

Que, aliás, nunca entendi o que queria dizer!

Ai, meu Deus, me diga que é um pesadelo, que ele não está fazendo isso de verdade. Mas por que ele faz isso?

Vou fingir que não vi nada: se eu ignorar o problema, o problema não existe.

Eu tusso forte, cantarolo e saio de trás da porta. Obviamente, Ed banca o desentendido, não parece mesmo com alguém que acabou de cantar uma canção de ninar para algumas garrafas de vinho, que, além do mais, ele odeia.

— *Ciao, bella* — diz ele em italiano.

— Amorzinho... — Ponho os braços em volta do pescoço dele. — Aonde você vai me levar?

— A Dunfermline, é aqui perto, vamos a um restaurante italiano. Vou subir correndo para me trocar e saímos imediatamente.

Ed sobe as escadas e, depois de instantes, eu o sigo para pegar minhas luvas, e de novo o vejo fazendo algo estranho: põe o sapato direito na sapateira da direita e a esquerda na sapateira da esquerda, depois repete a cantiga de antes duas vezes, contando as meias, e pega aquela na qual cai o último número da conta.

Mas por que ele não fuma um baseado como todo mundo?

Desço os últimos três degraus e os subo ruidosamente, de modo que ele me ouça.

Ele me olha constrangido e depois sorri para mim. Eu sorrio para ele. Pego as luvas. Desço.

No carro, eu o observo na penumbra; ele está muito bonito com os cabelos curtos e eternamente despenteados, as ruguinhas em volta dos olhos e o nariz perfeito.

Espero que os nossos filhos tenham o nariz dele. Os meus olhos e a minha boca, mas quero o nariz e as orelhas dele. Os cabelos, tanto faz.

— Você está bem?
— Muito, estou feliz por sairmos.
— Você está muito bonita hoje.
— Obrigada, você também. — Eu apoio a mão na perna dele.
— Dunfermline é um lugar delicioso, é uma cidade de verdade, parece uma pequena Edimburgo; há teatros, restaurantes, pubs, lojas.
— Por que não vamos morar lá?
— Você não gosta de onde estamos?
— Claro que gosto, mas de vez em quando fico entediada. Exceto quando torturo Mr. Angus, para dizer a verdade.

De repente, Ed freia.
— Você não ouviu um barulho?
— Não, que barulho?
— Como se eu tivesse atropelado alguém.
— Um animal?
— Sim, pode ser, espere que vou olhar.

Desce e dá a volta no carro.

Ali fora não tem ninguém, exceto nós dois, a escuridão, o carro e o suposto cadáver de um gambá.

— E aí?
— Não tem nada.

Partimos novamente. Mas ele me parece tenso.

— Sabe, Sandra me escreveu, você se lembra dela?
— Claro que lembro.
— Ela está com problemas com Julius, ele foi para as Bahamas porque decidiu que quer ficar com ela e com a nenê... Você lembra de Julius?
— Monica, você está ouvindo esse som?

— O quê?

— Uma sirene, será que é uma ambulância?

— Não sei, Ed, não estou ouvindo nada, estamos só nós aqui.

— Mas achei ter ouvido um barulho estranho.

— Ed, você está cansado e com fome. Vamos jantar e você vai ver que depois vai se sentir melhor.

— Não, não estou tranquilo, preciso voltar lá atrás para verificar.

Não posso acreditar. Nesse ritmo, chegaremos depois da meia-noite. Fazemos o retorno e voltamos na direção de casa. Não cruzamos nem com uma ovelha.

— Você viu? Não aconteceu nada!

— Hum, sim — diz, pouco convencido.

— Você acha que podemos ir jantar agora?

— Sim, agora sim. — Partimos de novo para Dunfermline e chegamos sem interrupções, mas em silêncio completo.

Dunfermline (além do fato que eu não consigo pronunciar o nome) é um vilarejo delicioso, como aqueles dos cartões-postais ou de globos de neve.

Nunca senti tanto frio, mas estar aqui com o homem que amo me deixa mais feliz do que nunca.

Entramos em um restaurante italiano com toalhas quadriculadas de branco e vermelho, uma garrafa de vinho com uma vela dentro, e a música ambiente é uma compilação para restaurantes de estrada. Está tocando "Senza una donna", de Zucchero.

É claro que, no cardápio cheio de erros, estão os dois pratos nacionais típicos: espaguete à bolonhesa e talharim ao molho Alfredo. Mas a carta de vinhos é digna.

— Sim... o vinho, você não bebe. Acho que vou tomar apenas uma taça.

— Claro.

— Mas você não bebeu no casamento de David?

— Não.

— Mas eu me lembro de ter dado a você uma taça de champanhe.

— Eu a segurei pela haste e depois a coloquei de volta na bandeja.

Fecho o cardápio, observo e sorrio. E segue "La solitudine" de Laura Pausini. Agora vou vomitar.

— O que foi?

— Você é cheio de mistérios.

— Mas eu sou o mais previsível dos homens.

Não posso lhe perguntar por que ele canta cantigas para as garrafas e para as meias ou por que liga o secador. Quero aproveitar esta linda noite, só eu e ele. Depois, na primeira oportunidade, vou lhe perguntar.

— Você é o homem que eu amo.

— Eu também amo você. — E pega as minhas mãos. — Tenho uma coisa para lhe dar.

Ai, meu Deus, aqui vamos nós, o anel, é o anel, eu sei, é ele, meu Deus, que calor repentino, estou suando... Trilogy, tomara que seja um Trilogy...

Estou sorrindo de orelha a orelha enquanto Ed se inclina para procurar algo na bolsa.

Ele me estende um grande envelope de papel amarelo. Bem, se é um anel, deve ser bem grande...

— Abra.

— O que é?

— Abra, vamos!

Poderia ser uma tiara. Eu gostaria de ir à redação usando uma tiara. Abro o envelope e puxo um livro de dentro.

— Oh! Um livro — digo, visivelmente desiludida.

O título é *O suspiro do tempo* e a capa mostra a foto de Versalhes vista do alto e o labirinto.

— De quem é?

— Como de quem é, não está vendo?

Acima do título leio o meu nome.

— Você quer dizer que este aqui é *O jardim dos ex*?

— É. Essa é a primeira cópia do seu livro.

— Mas aqui está escrito *O suspiro do tempo* — exclamo confusa.

— É o novo título, com o outro não venderia.

— Mas quem escolheu esse?

— Você escolheu!

— Eu não! Você e o seu amigo me pegaram de surpresa e eu escolhi o menos pior, mas não achei que fosse para mim.

— Monica, a editora é um mundo que você não conhece, se eu tivesse pedido para você escolher um título novo, você teria protestado e no fim teria encontrado um pior; acredite, eu conheço os autores!

— Mas você deveria ter me perguntado, é o meu livro, você não tinha o direito. E obrigada pela confiança!

— Claro que tenho o direito, entendo que você esteja surpresa, mas não a ponto de se sentir indignada ou traída.

— Mas é assim que eu me sinto, traída; parabéns por perceber. — Cruzo os braços e olho para o outro lado.

Chega o garçom.

— Vocês já decidiram?

— Sim, vou querer as almôndegas — diz Edgar, seco.

— E eu o ravióli e vinho, uma garrafa, Sassicaia; obrigada.

— Sass...? Ah, sim, claro, imediatamente.

— Monica, eu não entendo mais você, deveria estar no sétimo céu em vez de ficar de bico. As pessoas estão dispostas a qualquer coisa para serem publicadas, venderiam a alma da própria mãe. Hoje, todos acreditam que são escritores e que basta contar a própria história de amor triste para vender milhões de cópias, enquanto quase ninguém se pergunta se os leitores se interessariam em lê-la. E você, que escreveu uma história original (mesmo tendo que melhorar) e que tem talento, fica com raiva porque trocamos o título?

Chega o garçom com a garrafa de Sassicaia.

— O senhor vai provar?

— Não, o senhor é abstêmio, provo eu, obrigada.

Bebo um longo gole para acalmar os nervos. Se soubesse onde estou e como voltar para casa, já teria ido embora.

— Está perfeito, obrigada.

O garçom se afasta.

— Ouça, Ed, fico com raiva porque você não me contou, não só porque você é o meu editor, mas porque, e principalmente, você é o meu namorado, era seu sagrado dever falar comigo sobre isso. Saúde!

E ergo o copo.

O resto do jantar continua muito mal.

Isso foi um verdadeiro abuso de poder e os homens devem ser educados de vez em quando. *Sitz, Edgar*!

Quando chega a conta, Ed leva alguns minutos antes de se dar conta de que o restaurante não ficou caro de repente, mas que o vinho que escolhi é, em absoluto, o mais caro do mundo. Se ele, como Mr. Angus, tivesse se mantido informado...

No carro, Edgar está soltando fumaça pelo nariz, mas não fala nada.

Depois de dois minutos, recomeça a agir como antes.

— Não ouviu nada?

— Não.

— Uma ambulância.

Eu bufo.

— Não, Edgar, não ouvi nenhuma ambulância — respondo, irritada.

— Você acha que estou louco?

— Louco não é um juízo de minha alçada, mas estranho, sim. — E parece que o momento chegou. — Você está fazendo coisas muito estranhas ultimamente.

— Tipo?

— Tipo contar as garrafas.

— Anda me espionando agora? — rebate ele, agressivo.

— Não estou espionando, aconteceu de eu ver. — Suspiro e olho para ele. — Mas como está difícil conversar com você.

Ed freia, meu coração vai à boca, pela freada e pelo medo.

— E o que foi agora?

— Você viu?

— NÃO! O QUE EU DEVIA TER VISTO???

— Devo ter atropelado alguém...

— Mas quem? *Quem* você atropelou? Uma sombra? Um duende? Uma lagartixa? O que está acontecendo com você, Edgar? Você está me assustando!

— Monica... eu... eu... tenho que ir olhar. — Está nervoso, parece um menino apavorado.

— Ed, o que está acontecendo com você? — Eu o abraço e mantenho a cabeça dele no meu ombro.

— Não sei, Monica... É mais forte do que eu.
— O que é mais forte do que você?
— Conferir, tenho que conferir tudo, se eu não fizer isso fico mal... Se eu não fizer isso pode acontecer algo ruim.
— Mas não vai acontecer nada.
— Claro que vai... Já aconteceu.
— Quando?
Edgar começa a chorar.
— Quando, Ed?
— Na noite em que Rebecca morreu.
— O que você quer dizer?
Ele chora de um modo quase convulsivo, como se nunca tivesse chorado antes e tivesse que descarregar a dor de uma vida. Procuro um lenço e me sinto terrivelmente culpada por tê-lo feito gastar quase 400 euros em vinho; amanhã eu devolvo para ele.
— Você me contou que Rebecca estava deprimida e que o carro dela saiu da estrada.
— Sim, saiu da estrada, mas não estava deprimida. Ela veio me dizer que estava me deixando porque tinha se apaixonado por outro... No início, eu tentei pedir que ficasse, mas ela estava inabalável. Achava que eu lhe desejaria boa sorte e que não lhe faria perguntas, mas eu estava desesperado, eu a odiava porque estava me deixando e me sentia humilhado, teria batido nela para ver pelo menos uma emoção nos seus olhos, mas ela me olhava como se de repente eu tivesse me tornado um peso incômodo do qual precisava se livrar. Não tinha mais amor, nada, tudo tinha acabado... — Edgar chora sem mais nenhum controle, com as mãos e a cabeça apoiadas no volante.

— Fique calmo — digo, acariciando-lhe os cabelos. Calma...

Ele se endireita e tenta se recompor, enxuga os olhos com o lenço e tosse.

— ... Depois, pegou da despensa uma mala que já devia ter preparado antes, me olhou e me disse que mandaria alguém pegar as outras coisas, e que eu ficasse bem e que mandasse lembranças à minha mãe. Não queria que ela me visse chorar, mas assim que ela fechou a porta me senti morrer. Mas não fiz nada além de ir até a cozinha, abrir uma garrafa e terminá-la, e depois abrir a que ela havia comprado na França e que iríamos beber nos nossos 25 anos de casamento, e continuei toda a noite... E foi aí que aconteceu.

— O quê?

— Eu a amaldiçoei. Desejei que ela morresse, que se arrebentasse e que morresse, para sofrer aquilo que eu estava sofrendo.

— E ela morreu.

— Sim, morreu. De manhã, quando a polícia foi lá em casa, eu estava em um estado lastimável. Dava nojo: estava todo vomitado, sujo e com os olhos inchados. O policial nem sabia como me contar Fui ao hospital para fazer o reconhecimento e assim que ergui o lençol, vomitei de novo. Ela estava com os cabelos grudados e sujos de sangue, os dentes quebrados... e depois eu desmaiei. - Recomeça a chorar como um desesperado.

— Chega, Edgar, chega, não fale mais, por favor, não fale mais. — E começo a chorar também.

— Temiam que eu tentasse o suicídio e me mantiveram sedado por uma semana, e, quando pararam, comecei a beber todos os dias, todos os dias por pelo menos um ano. Trabalhava como um louco e bebia sem parar. Trabalhava e bebia, nada mais. Até que quase atropelei uma menininha, e Ian me convenceu de que eu devia pedir ajuda.

— Mas você está me dizendo que a depressão de Rebecca, a sua fuga de pijama, o seu choro noite e dia e tudo mais que você tinha me contado em Nova York não era verdade? Era mentira?

— Era a *minha* verdade, Monica, a que permitiu que eu refizesse a minha vida, a que me faz sofrer menos.

— Mas não entendo o que o fato de conferir tudo, a cantiga, as meias e as garrafas têm a ver com isso.

— Isso veio sozinho, depois do acidente alguma coisa despertou em mim. É uma espécie de superstição, não consigo evitar. São rituais que me fazem ficar melhor. Sinto que se eu cantar a cantiga que Rebecca gostava, ali, para as garrafas, vou conseguir não beber e não vai acontecer nada com ninguém.

— Meu Deus, Ed.

— Se eu quiser, se me esforçar muito, consigo evitar, mas agora, de repente, me voltou o medo de que isso possa se repetir e que, se eu brigar com você, algo ruim possa acontecer.

— Edgar, você acha que Rebecca morreu porque você desejou isso e que fazendo esses "rituais", como você os chama, consegue influenciar os acontecimentos, mas não é você que pode determinar o destino dos outros.

— Sei que não é culpa minha, mas a ansiedade que sinto crescer se não fizer isso é insuportável, não consigo pensar em outra coisa, é como um tormento na minha cabeça, uma voz que não se acalma até eu contar ou cantar a cantiga.

— Mas está acontecendo agora?

— A verdade é que eu conseguia controlar bastante bem os meus impulsos até antes da sua chegada, há anos que não acontecia essa confusão.

— Então é culpa minha.

— Não, Monica, não é culpa sua.

— Sim, é, foi você que disse.

— Não, Monica, eu gosto de você e não quero perdê-la, mas não sei como fazer. Não sei como fazer para resolver esse problema!

Olho para Edgar com um misto de perplexidade e perturbação.

Esse foi, em absoluto, o maior dia de merda de toda a minha vida, junto com as duas reprovações, com o divórcio dos meus pais e com o meu mergulho no Hudson.

# SEIS

Houston, temos um problema. Um problema sério.

Não sei o que fazer e ninguém pode me ajudar.

Há três noites que não durmo, olho para o teto e me pergunto o que posso fazer para ajudá-lo e se é justo ou não eu tomar para mim essa responsabilidade. Uma parte de mim se sente enganada e quer fugir, já a outra gostaria de conseguir resolver tudo e esquecer isso.

No trabalho, Mr. Angus não me dirige a palavra, mas agora temos os melhores computadores que se pode desejar. Niall voltou ao seu lugar e isso o deixou levemente mais afável, mas ainda ácido. Já Siobhan às vezes se comporta como a minha melhor amiga, mas às vezes é reservada e desconfiada.

Edgar e eu, desde aquela noite, não mencionamos mais o seu problema de autocontrole. Não quero que o fato de eu saber do seu distúrbio e aceitá-lo seja um modo para evitar resolvê-lo.

Não posso falar sobre isso com Sandra, que já tem os seus problemas, não posso falar com os meus pais porque eles não são capazes de me ajudar. O único com quem posso falar disso é Ian. Amanhã Ed vai viajar para Dublin, e vai ser a única oportunidade que vou ter para vê-lo sozinha.

E daqui a três dias é o meu aniversário.

Na redação, Siobhan está num dos dias de melhor amiga.

— Adivinha.

— Não tenho forças.

— Descobri uma coisa sobre Rebecca.

— Quem contou?

— A senhora bigoduda.

— Vocês se tornaram inseparáveis.

— Você me fez um favor e eu estou fazendo outro a você, não é assim que funciona?

— Deveria ser.

— Mas de tanto comprar pão e doces, ganhei três quilos... — resmunga, mastigando um enorme biscoito de chocolate. — A senhora bigoduda conhecia Rebecca muito bem e gostava muito dela; isso explica a hostilidade inicial dela com você, que em parte eu removi, dizendo a ela que você é uma garota legal e que não está nada interessada no capital da família Lockwood, como aparentemente se comenta no vilarejo.

— Mas estão loucos? Eu não viveria naquela casa assombrada nem que me dessem de presente!

— Pelo que parece muita gente moraria ali de bom grado; de qualquer modo, Rebecca, a Santa, não é a versão verdadeira.

— O que você quer dizer?

— Alguém a viu entrando no carro de um homem em Dunfermline.

— Como você conseguiu descobrir?

— Sou uma jornalista.

— E quem era ele?

— Isso eu não sei, mas que ela punha chifres nele, isso é certo!

— Sim, eu sei, Edgar me contou uma noite dessas, mas eu não podia contar a você. Claro que eu não achava que ela fosse tão descuidada, achava que se tratasse de alguém, sei lá, de Glasgow ou de Londres.

— Você não sabe nadica de nada sobre seu namorado, Monica. Como é possível, você vive com ele!

— Você tem razão, e quanto mais esclareço, mais tenho medo do que posso descobrir.

Mr. Angus entra, olha para mim e abaixa os olhos, depois se dirige à Siobhan e lhe pede "por favor" um café.

— Mas o que você fez com ele?

— Eu? Nada, nada mesmo!

— Ah, deve ser por isso.


Volto para casa e ouço a minha supersogra trabalhando no andar de cima.

Ela está preparando a mala de Ed, que vai ficar fora por pelo menos dois dias. Está justamente pegando as meias roxas, mas sem contar. Edgar vai ter um ataque se souber disso.

— Bom-dia, Margareth.

— Monica, querida, estou preparando a mala de Eddy, ele não tem tempo para isso — justifica-se depressa.

— Ouça... — digo, apontando a gaveta —, já notou que Edgar tem todas as meias iguais?

— Sim, é uma mania que o pai dele também tinha, é por comodidade, acho. E também as conta.

— Ah, a senhora também sabe disso?

— Sim, é engraçado, não? Ele não sabe que eu sei, mas uma mãe sabe de tudo. Ele é supersticioso. O pai dele também era.

— Supersticioso, a senhora diz?

— Sim, mas sabe como são esses artistas extravagantes... e os azulejos? Desde pequeno contava os azulejos do banheiro enquanto fazia xixi.

Os azulejos também...

— E a senhora acha que isso é normal?

— Ah, sim, o que quer que seja, não é nada.

— E por que será que ele faz isso?

— Não sei, mas é importante?

— Eu acho que é.

— Cada um tem as suas pequenas manias, você não tem? Vai ver você fuma, ou bebe, ou come demais, e certamente é mais perigoso do que contar umas meias inocentes.

— Sim, mas...

— Meu filho é um homem extraordinário, que passou por momentos terríveis, e você não deveria se fixar nesses detalhes, deveria pensar em querer o bem dele.

— Mas é porque eu quero o bem dele que me preocupo.

— Eu também quero o bem dele, mas não o atormento tentando mudá-lo.

— Mas eu não quero mudá-lo, estou preocupada com a saúde dele — começo a levantar a voz.

— Quer sim, você não se dá conta, mas não o aceita do jeito que é.

— Margareth, eu lhe garanto que...

Ouvimos a porta abrindo lá embaixo, largamos as meias e descemos as escadas correndo.

Eu não a empurro lá embaixo só por uma questão de idade e respeito. E também porque depois viria morar conosco com o outro osso do quadril quebrado.

— Eddy, querido, eu estava preparando a sua mala.

— Oi, mamãe, oi, Monica.

Jogo os braços em volta do pescoço dele. Edgar nos olha, perturbado.

— Vocês estão bem?

— Sim, claro!

— Sim, sim, e você, querido?

— Cansado e atrasado, o avião sai daqui a menos de uma hora.

— Termino a sua mala em um segundo. — Nem termina a frase e já saiu voando na sua vassoura para o andar de cima.

Que quadril, que nada...

— Vocês têm certeza de que estão bem?

— Sim, mas e você?

— Sob pressão, com um monte de trabalho.

— Sim, mas o trabalho à parte, e o resto?

— Não quero pensar nisso agora.

— Ok, vamos falar disso quando você voltar.

— Sim, quando eu voltar nós conversamos.

Margareth arrasta com dificuldade a mala de rodinhas para fora do quarto.

— Espere que eu ajudo você, mamãe!

Edgar corre para socorrer a atenciosa mãezinha, que lhe dá um tapinha na bochecha e desce se apoiando exageradamente no corrimão.

— A sua perna está doendo, mamãe?

— Ah, você sabe como é, a velhice...

Beija primeiro ela, depois eu, sai de casa e nós ficamos na porta, observando-o entrar no carro. O nosso homem, o homem que amamos mais do que qualquer outra coisa no mundo e pelo qual, mais cedo ou mais tarde, destroçaremos uma à outra.

Margareth fecha a porta e sobe para terminar de organizar as coisas; vou até a janela da cozinha e o vejo se afastando pela estradinha e conto lentamente um, dois, três...

Chegando em seis o vejo frear, descer e andar em volta do carro para ter certeza de que não atropelou ninguém.

Já perdeu o avião.

De tarde tenho um encontro com Ian, a desculpa é falar sobre o livro, mas quero tentar extorquir dele alguma informação a mais.

Nos encontraremos em Edimburgo, e vou aproveitar para fazer compras e ver gente que não sabe quem sou e não me olha com desconfiança.

Eu queria conhecer a editora, mas não quero ir lá em um dia em que Edgar não está; ele pensaria que faço coisas pelas costas dele, o que é verdade, mas que ele não deve desconfiar de modo algum.

Tenho que ir de ônibus e é isso é um enorme pé no saco, porque leva uma hora e meia e tenho que trocar de transporte duas vezes. Apoio a cabeça na janela e parece que estou num vídeo dos Cranberries: a garota do interior que vai para a cidade grande, com poucas libras esterlinas no bolso.

Desde que Edgar me contou sua história, estou literalmente arrasada. Mais uma vez a minha vida se complicou, mais uma vez tenho que lidar com algo que é exageradamente maior do que eu e mais uma vez estou completamente sozinha para enfrentá-lo.

Há uma eternidade que não falo com meus pais, mas a essa altura seria inútil. Sinto falta deles, mas fiz uma escolha e tenho que levá-la adiante sozinha, com suas consequências.

E eu estou me borrando...

Em Edimburgo, Ian vem me pegar na rodoviária, e vamos dar uma volta.

Finalmente uma cidade de verdade, com lojas, trânsito e gente nervosa.

Ele me leva à livraria Waterstone's, onde será o lançamento do livro daqui a três semanas.

É uma livraria de verdade, daquelas antigas, que intimidam, com enormes "W" estampadas na vitrine.

Paro para olhar a minha imagem refletida no vidro, pensando que daqui a poucos dias meu livro estará no lugar de *O Código da Vinci*. Será que também vou ter uma foto em tamanho natural?

Sentamos em um café ali perto e penso em como fazer para descobrir o que me interessa de forma casual.

— Você está contente com o livro? Nós fizemos um bom trabalho, não?

— Sim, um bom trabalho, mas não me agradou o modo como vocês escolheram o título.

— Ah, isso. Mas nós sempre fazemos assim, é o único jeito, vocês escritores são difíceis e não entendem nada de marketing.

— Sim, foi isso que Edgar também me falou, e eu já lhe disse o que penso.

— Você está zangada?

— Fiquei irritada.

— Pobre menina... — Ele pega o meu queixo com os dedos e balança meu rosto. — E por que você se ofendeu? Porque não levamos você em consideração? Fomos malvados, eu e o tio Ed? Monica, minha querida, vou dizer uma coisa a você. Guarde-a bem na cabeça: neste mundo, só o dinheiro importa. O resto, o amor, a glória e os amigos, vem e vai, mas o dinheiro fica.

— Como você é cínico.

— Cínico, eu? Não, sou muito prático, e se você me der atenção, vai se dar bem. Você vai ver que o livro vai vender muito, não fique pensando no título.

— Vocês não querem entender, é o meu livro. É como fazer um filho e ele receber o nome da parteira.

— Mas eu entendo muito bem, queridinha... — Ele pega a ponta do meu nariz entre os dedos e me sacode mais uma vez. Se continuar fazendo isso, vou mordê-lo! — Você tem que crescer, tem que se focar só nas coisas importantes, na sua carreira, no dinheiro e no seu futuro.

— Ok — interrompo antes que ele pegue a minha orelha. — Conte como funciona o lançamento de um livro.

— É simples, sentamos um ao lado do outro: vou fazer elogios a você, vai falar do livro, vou fazer perguntas e depois uns jornalistas vão fazer outras, geralmente mais ácidas do que as minhas, portanto tente ser diplomática.

Faço que sim com a cabeça.

— Está preocupada?

— Um pouquinho.

— Você vai ver que será divertido, e, além do mais, Ed vai estar lá para segurar sua mão.

— Sim, Ed... — Abaixo os olhos.

— Como vão as coisas entre vocês?

— Ian... Não sei com quem falar sobre isso, mas acho que você é o único amigo de verdade dele e preciso que me ajude.

— O que aconteceu?

— Nós brigamos por tudo, ele tem um monte de manias e acho que pensa sem parar na ex-mulher; depois volta a ser a pessoa mais fantástica do mundo, me escreve cartas lindíssimas, faz com que eu me sinta protegida e amada, mas em seguida, de novo, não leva os meus sentimentos em consideração e me faz perder o controle.

— Ele sofreu muito.

— Eu sei, todo mundo só fica repetindo isso, eu sei que ele sofreu, mas o passado é passado e agora eu estou aqui; desse jeito, daqui a pouco a Rebecca vai jantar com a gente. Estou começando a odiá-la, era tão perfeita, tão competente, tão bonita...

— É verdade... — deixa escapar, distraído.

— Que merda, Ian! Não comece com isso você também, estou tendo uma crise de identidade!

— Era uma mulher especial, realmente, mas você também é, Monica.

— Mas ela não tinha nenhum defeito? Por favor, me deixe contente, me diga só unzinho.

— Sim, um defeito, tinha.

— E qual?

— Vamos, agora vou levar você de volta, senão vai ter que dormir na rodoviária — diz, levantando-se depressa.

— Por favor, me diga. — Corro atrás dele.

— Era alta demais — grita do outro lado da rua.

— Isso não é um defeito, todo mundo sabe disso, Ian... Muito magra e muito alta não são defeitos, é como ser muito rico... ou quando alguém escreve no currículo que é muito pontual!

— Você é mesmo cabeça dura, não desiste!

— Pare, Ian, não estou acostumada a correr, estou tendo um infarto.

— Vamos, corra ou vai perder o ônibus!

O ônibus já começou a andar, consigo subir por um triz.

Paro na escada e me viro.

— Você não vai dizer nada a Edgar, não é?

— Claro que não, minha fofinha querida! — E aperta a minha bochecha.

Mal consigo desviar o corpo antes que a porta me decapite.

Durante a viagem de volta, continuo a ruminar e chego em casa decidida a procurar alguma pista. Não deveria, sei muito bem que não deveria, mas preciso entender quem era essa mulher e o que tinha de especial.

Então, por onde começariam os detetives Benson e Stabler de *Law and Order*? Pela estante giratória? Teto com fundo falso? Alçapão?

Tenho que procurar as fotografias; aliás, primeiro preciso abrir uma garrafa de vinho, pôr uma música, acender todas as luzes, a lareira, fazer um misto-quente com maionese e presunto defumado, colocar o pijama de lã comportado, as pantufas forradas em forma de alce e depois procurar as fotografias.

Infelizmente, como sempre, não consigo parar no primeiro copo, continuando até o terceiro (será que também sou supersticiosa?), e por isso começo a trabalhar só às onze.

Não preciso procurar muito, porque dou um tiro certeiro abrindo a caixa lacrada, escondida atrás de uma pilha de livros velhos e roupas usadas, em uma portinha secreta embaixo da escada.

Bingo! Fotos e cartas.

Pego a caixa, vou para o quarto, dou duas voltas na chave e espalho as fotos sobre a cama.

Apoio na mesinha de cabeceira o meu quarto copo de vinho e os biscoitos de manteiga e canela.

Há fotos de família, reconheço a jovem Margareth na praia, o pai de Ed que é igual a ele, outros parentes, Ed pequeno, fotos da escola, Ian jovem, ainda mais feio e com acne, outros parentes e... Ooohh... Aqui está ela, a grande, lindíssima, única, inatingível e inimitável Rebecca, a primeira esposa. Igual à Rachel Weisz, cuspida e escarrada.

Posso acreditar que ele estava apaixonado, até eu me apaixonaria! Alta, morena, com cabelos extravagantes, pele muito branca, um sorriso gigantesco delineado pelo batom vermelho-fogo que fica bem em quatro mulheres no mundo (eu excluída, porque tenho dentes amarelados).

A essa aparência encantadora, acrescentemos: senso de humor, inteligência acima da média, capacidade inata de acender cigarros com os dedos dos pés e de fazer o imposto de renda; naturalmente, um vulcão na cama, e eis aqui para vocês: a mulher perfeita. Sinto uma pontada de ciúme que parte do fim do osso sacro e chega a cada ponta dupla do meu cabelo.

Eu a odeio, a odeio, a odeio, nunca serei como ela, é impossível, é difícil demais.

Levanto e me olho no espelho. Rebecca nunca teria vestido um pijama de lã, mas um pijama refinado de seda branca com um cintinho na cintura que casualmente marcaria suas formas perfeitas, e, nas unhas dos seus longos pés, um clássico vermelho Chanel. Eu sou nanica, minhas coxas são gordinhas, meus cabelos não têm nem mesmo um corte, e há meses não faço reflexos nem depilação.

Rebecca certamente fazia depilação a cera, se tratava com homeopatia, bebia chá verde, amava a culinária sofisticada de Margareth, que consumia sem engordar nem cem gramas; aliás, certamente se queixava por ser muito magra, sabia limpar um carburador, tinha uma inclinação natural para as relações interpessoais, no ensino médio era líder de torcida, a mais talentosa no curso de teatro e a mais cobiçada no baile de fim de ano, a sua foto nos livros de turma é a mais bonita e os seus amigos fazem rodízio para trocar as rosas vermelhas no seu túmulo a cada sexta-feira.

AAAAARRRRRRRRRGGGGGGGHHHHHH!!!!!!

E veja só os amigos perfeitos: na montanha, em Praga, no Natal, no carnaval em Notting Hill. Sempre ele, ela, o outro e a namorada da vez.

E depois o casamento. Ela usa um vestido das mil e uma noites, mármore finíssimo com alcinhas fininhas de cristal Swarovski, que vai até os pés, e Ed é jovem e está incrivelmente comovido no seu kilt tradicional.

E de novo ele, ela e o outro.

Um momento.

Em uma de cada três fotos se vê a cara feia de Ian! A namorada da vez estava presente só para sair nas fotografias.

Vamos passar às cartas, Deus vai me fulminar, mas, de qualquer jeito, não fica pior do que isso...

Cartas de amor de Edgar para Rebecca e de Rebecca para Edgar... Ah, como os odeio, estas cartas transbordam de paixão, de ternura, poesia... Ah, não, tem também aquela poesia de Poe que ele me escreveu outro dia. Que original...

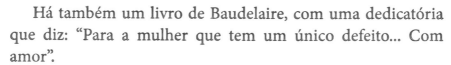

Há também um livro de Baudelaire, com uma dedicatória que diz: "Para a mulher que tem um único defeito... Com amor".

Não está assinada, mas não é a caligrafia de Ed, isso eu posso jurar.

"Para a mulher que tem um único defeito", já escutei essa frase em algum lugar. "Para a mulher que..." Não, não pode ser.

Ian disse que ela possuía um único defeito e esse defeito só podia ser... o marido dela. Edgar! O único defeito dela era ser casada com outro. O amante de Rebecca era Ian!

REBECCA TREPAVA COM IAN!!!

Preciso ligar para Ian, preciso perguntar para ele, mas passa da meia-noite... e quem se importa, a verdade não pode esperar.

Toca, toca, no décimo toque ele atende.

— Ian, sei tudo sobre você e Rebecca!

— Alô? Monica, é você? Mas o que você está dizendo?

— Ian, não banque o esperto comigo, a mulher com um único defeito, as fotos, vocês estão sempre juntos, tinham um relacionamento.

— Monica, você está chapada? O que está dizendo? Não tínhamos relacionamento nenhum.

— Aqui tem uma carta de Rebecca que diz isso claramente, uma carta para você em que diz que não vê a hora de deixar Edgar e irem morar juntos.

Silêncio.

— Você está aí? Melhor amigo? — Se ele descobrir o blefe, é o fim.

Silêncio.

— O que você vai fazer?

YESSSSS!

— É você quem deveria fazer alguma coisa.

— Eu não tenho que fazer nada!

— Claro que, se trair o seu melhor amigo e a sua família não impediu você de dormir tranquilamente até hoje, duvido que vá se arrepender depois de sete anos. Talvez não tenha sido um acaso eu ter vindo para cá.

— Você quer dinheiro, Monica?

— Por que eu deveria querer dinheiro?

— Então o que quer de mim?

— Quero que você diga a verdade a Edgar, assim ele poderá quebrar o seu nariz e vai parar de contar meias.

— O que as meias têm a ver com isso?

— Nada, deixe para lá. Você vai contar para ele? Ou conto eu?

— Monica, menina, não são coisas para se discutir a essa hora por telefone, vamos nos encontrar amanhã e falamos com calma. Eu vou para aí, você me entrega a carta e eu explico tudo.

— Ok, espero você amanhã de tarde aqui.

— Vou ser pontual.

— Não tenho dúvida!

Cretino.

Acordo com uma pressão antológica na cabeça: dormi mal, babei no travesseiro, estou com frio e sonhei com Rebecca e Edgar me olhando e sacudindo a cabeça, e depois se virando e indo embora de mãos dadas. O que será que significa?

Também penso que deveria ter usado mais tato e diplomacia antes de ligar para Ian tarde da noite para acusá-lo de ter traído Edgar.

Mas certas atitudes imbecis sob o efeito do álcool parecem muito mais coerentes.

Agora tenho que dar um jeito nessa catástrofe, trabalhar alguns minutos, telefonar para Ed para saber se ele está bem e ir chantagear Ian. Um dia como qualquer outro.

As novidades sobre Paris Hilton são relacionadas ao seu ex-namorado, que conseguiu um mandato proibindo a aproximação dela a menos de três quilômetros. Bem, David uma vez também ameaçou fazer isso comigo.

Ligo para Ed.

Toca 200 vezes antes de uma voz feminina atender.

— Ahn... Será que errei o número?

— Não, Monica, é a Morag, Ed está ocupado.

— Morag?

— Sim, da administração. Nós ainda não nos conhecemos; estamos aqui em Dublin para a feira anual do livro.

— Ah... Não sabia que ele estava com a senhora.

— Está, sim! É tarefa minha vigiar Ed para que ele não gaste o orçamento do ano investindo em novos talentos. — Ri.

— Peça para ele me ligar de volta, por favor.

— Certamente. Espero conhecê-la logo, Monica.

— Eu também. Até logo.

Que chatice quando outra pessoa atende, especialmente se for mulher.

A velha Morag da administração. E não é que Ed tem necessidade constante de ter uma mãe por perto?

Só por desaforo, ligo para David.

Mas no terceiro toque me lembro da diferença do fuso horário.

Merda, deve ser umas quatro da manhã por lá. Desligo, mas ele liga imediatamente de volta.

— Ops, desculpe David, sempre me esqueço da hora.

— Nada, não foi nada; adormeci vestido, estava cansado, é um prazer falar com você.

— Também não dormi muito bem a noite passada.

— Ah, não? O que aconteceu? As bruxas Wicca fizeram um ritual embaixo da sua janela?

— Você consegue falar sério pelo menos uma vez? Está fazendo eu me arrepender de ter ligado.

— Desculpe, estava brincando com você, mas talvez não seja o momento adequado... estou enganado?

— Não, você não está enganado, é um momento horroroso.

— Você não sabe como eu gostaria que me deixasse ajudar, entendo que é uma escolha sua e você tem o meu total respeito pelo esforço que está fazendo, mas não me agrada que esteja aí sozinha, sem um amigo, sem ninguém para apoiar você. Sinto sua falta, Monica, por que não volta aqui para Nova York?

— Você é um amor, David, e agradeço, mas não quero voltar para Nova York, minha vida é aqui.

— Entendo.

Silêncio.

— Alô? David, você está aí?

— Sim, Monica... Estou aqui. Estava pensando... em como deve ser bom se sentir tão amado.

— Não sei. Não sei se quem é o objeto desse amor algum dia perceba isso completamente.

— Estou sempre com o telefone ligado para você, lembre sempre disso, tá?

— Sim.
— Amo você, Monica, não se esqueça nunca disso.
— Sim.

Cada vez que falo com ele sou lançada em um estado de confusão incontrolável. Um ano atrás eu teria pagado para ouvi-lo dizer uma frase dessas, agora não tem mais importância. Quase não mais.

O amor é uma questão de ritmo.

Mas é reconfortante saber que do outro lado do oceano tem um homem lindo pensando em mim.

Vou para o escritório e, no caminho, cruzo com duas garotas louras oxigenadas. Bastante incomum por estas bandas.

Edgar não me ligou de volta, e agora também tem Morag de guarda no celular. Tenho que lhe mandar uma mensagenzinha, para lembrar que estou presente e que penso nele.

"Oi, gatinho, espero que você esteja bem, lembre-se de que o meu amor está sempre com você."

Meu Deus, como me faz bem transmitir a ele o meu afeto!

Quando estou chegando na redação, ele me telefona.

— Gatinha, desculpe, aqui está uma loucura!
— Imagino. Liguei antes e falei com Morag.
— Sim, eu dei meu celular a ela porque não tenho trégua, não consigo falar com ninguém sem que ele toque a cada três segundos. Você está bem?
— Sinto a sua falta, o pior momento é à noite.
— Gatinha, também sinto a sua falta. Você consegue aguentar mais dois dias?
— DOIS DIAS???
— Sim, tem uns autores japoneses que quero encontrar de qualquer jeito e que chegam hoje à noite.

— Mas amanhã é...

— Quando eu voltar, prometo que vamos fazer alguma coisa juntos, agora preciso ir... Amo você, Monica.

— ... o meu aniversário...

Respiro fundo. Fecho o casaco.

Uma lágrima escorre pelo meu rosto. Enxugo-a apressadamente e me recomponho.

A redação parece quase de verdade, tem até canetas para todos. Siobhan e Niall implicam um com o outro como dois estudantes, mas são fofos juntos. Que raiva.

— Ah, aí está a nossa enviada especial — exclama Niall, sem sarcasmo desta vez.

— Escutem, vocês querem ir jantar lá em casa hoje à noite?

Siobhan e Niall se olham. Niall fica hesitante, tenso como se tivesse que entender qual é a pegadinha.

— Ok, não está mais aqui quem falou, era só uma ideia.

— Claro que iremos — responde Siobhan prontamente, para consertar a hesitação.

— Sim, com prazer — continua Niall.

— Não, se isso for um problema, não precisa.

— Ao contrário, é uma boa ideia, nunca conversamos fora daqui e acredito que deveríamos tentar nos conhecer melhor. É que eu não estava esperando — disse, quase me olhando no rosto. Que progresso!

Mr. Angus não sai quase nunca da sala e quando passa entre as escrivaninhas nem tem coragem de levantar a cabeça. Se tem que pedir alguma coisa, faz isso com mil "por favor" e falando só em inglês correto.

Agora que o escritório tem internet, posso tranquilamente enviar meus e-mails pessoais daqui.

Estou muito preocupada com Sandra. E, de fato, a resposta dela não demorou a chegar.

Cara Monica,
li e reli a sua mensagem, estou tão contente que você me respondeu. Você não sabe como eu queria que estivesse aqui; eu poderia ligar para você, mas é muito caro.

Na madrugada passada tive contrações; você sabe que aqui as crianças nascem em casa, porque ninguém tem tempo de ir pegar o barco e chegar às ilhas maiores.

Minha mãe, minha avó, minha irmã e Mark correram até o meu quarto; Mark corria da cozinha até o quarto com toalhas e água quente como viu fazerem em *Os pioneiros*, e não parava de dizer: "Ah, meu Deus, minha filha, minha filha vai nascer!" Eu gritei alguma coisa do tipo: "Façam com que ele fique quieto ou vou matá-lo com as minhas mãos", e minha avó trancou-o do lado de fora.

Foi um alarme falso, mas agora pode ser a qualquer hora. Julius, obviamente, não estava, nós só o vemos no jantar; depois ele se levanta, pega um palito e vai embora, arrastando os pés.

Ele me deixa louca. Você não sabe como me incomoda vê-lo mastigando aquele palito e ouvir os seus passos, tarde da noite, quando volta.

Espero que caia e que quebre o pescoço, que se afogue ou que se engasgue com o palito, qualquer coisa para não vê-lo mais.

Você acha que se eu me concentrar em fazê-lo desaparecer vai acabar funcionando?

A vovó diz que as profecias se realizam se acreditamos de verdade nelas.

E eu acredito nisso.

Amo você, amo muito, muito você.

Mark também manda lembranças e um abraço apertado.

Se ela está se queixando por causa de um palito, imagina se Julius ainda os contasse antes de colocá-los na boca!

Não consigo responder, preciso me apressar para ir a Dunfermline encontrar Ian, e definir os detalhes do jantar de hoje com Tico e Teco.

Que satisfação, posso fazer o que quiser aqui dentro e até me pagam.

— O que você quer que a gente leve hoje à noite? — diz Siobhan.

— Vinho — respondo dando de ombros —, do resto eu me encarrego.

Ao sair, cruzo com mais uma garota de cabelos oxigenados. Coincidências estranhas.

Chego ao local marcado e ele já está me esperando, encapotado, de chapéu e cachecol. Me convida para entrar no carro.

— Então, Monica, o que está acontecendo? Foi fuçar nas coisas de Ed? Sua mãe não ensinou que não se faz isso?

— Minha mãe me ensinou que não devemos trair nossos amigos.

— Que palavras pesadas está usando agora. Quem traiu quem?

— Ian, vamos, não banque o esperto, você sabe que tenho provas — digo, tirando da bolsa o livro de Baudelaire com um envelope dentro.

— Mas você sabe como Edgar vai ficar fulo da vida quando descobrir que leu a correspondência dele? Para ele, a confiança é sagrada.

— Olha só quem fala.

Mexe nos bolsos do casaco, pega um maço de cigarros e acende um. Dá uma longa tragada, depois uma tossida.

## O Amor Não É para Mim

— Você não sabe nada sobre Rebecca... Parece uma menininha que acabou de descobrir que Papai Noel não existe. Você está aqui há poucos dias e acha que já sabe tudo sobre todos, se mete em assuntos que não dizem respeito a você, faz julgamentos, dá sentenças. Quem você acha que é? O que sabe sobre nós? Conheço Edgar há 25 anos. Você sabe o que são 25 anos? Uma vida. Quantos amigos você tem há tanto tempo? Nenhum, né? Eu imaginei. A amizade é um trabalho em tempo integral, você acha que nunca há nenhuma dificuldade? Dificuldade ou "traição", como você chama? Você sabe se Edgar foi ou não honesto comigo? O que você sabe sobre o que passamos juntos? Você estava na formatura dele? Quando o cachorro dele fugiu e nós o procuramos por três dias e três noites? Na primeira vez que ele tomou um porre ou quando o pai dele morreu? Você estava lá? Responda, você estava lá?

— Não — sussurro, olhando para as mãos.

— Eu sim, eu estava lá. Estava lá quando o trabalho ia bem e quando ia mal. Quando a editora estava por falir, era eu que ia choramingar para os gerentes de banco, mas não dizia a ele que nenhum queria nos dar crédito; guardava isso para mim, porque ele já tinha problemas demais. Daí um dia ele me apresenta essa garota que conheceu e por quem ele é louco, e só fala sobre ela, e é a mulher mais bonita que eu já vi. Espero que seja antipática ou burra ou presunçosa, mas não, é de uma simpatia irresistível, é generosa, meiga, disponível, cheia de vida...

Faz uma pausa.

Começo a sentir que estou corando de vergonha; me sinto uma menina que espionou a professora, estou perdendo de vista o motivo pelo qual vim até aqui.

— ... Me apaixonei por ela imediatamente, mas ela era a esposa do meu melhor amigo, eu nem sonhava que ela se dignaria a me olhar, por isso fiquei na sombra durante anos, fingindo que não era nada; aliás, quando podia, até a tratava mal. Ela se tornou a minha obsessão, faria de tudo por ela, podia me pedir qualquer coisa... Quando ela me apertava a mão ou me abraçava, eu me sentia morrer, tinha medo de que percebessem, ficava vermelho como um menininho.

Fiz uma cagada; estou sendo ridícula, não devia chanteageá-lo, Edgar vai me matar e todo mundo vai ficar infeliz por culpa minha.

— E como foi que vocês começaram a sair juntos?

— Aconteceu por acaso, estávamos trabalhando até tarde em um projeto na casa de Edgar, mas ele não estava. Rebecca estava com dor no pescoço e eu me ofereci para fazer uma massagem nela. Seu pescoço era longo e branco como o pescoço de um cisne.

Pena que uma piadinha sobre a "morte do cisne" seria extremamente inapropriada.

— ... Comecei a massagear os ombros dela, ela relaxou com as minhas mãos, mas eu fiquei mal, suava frio, sentia que ia perder o controle. Aproximei meu rosto da sua nuca e o perfume dela literalmente derreteu meu cérebro, não entendi mais nada e beijei o seu pescoço; não pude resistir, apesar de estar fazendo a pior afronta que se possa fazer a um amigo. Ela se virou de repente e me olhou fixamente com aqueles olhos verdes, no fundo da minha alma. Fiquei vermelho pelo constrangimento, disse que estava tarde, que tinha que ir embora, que era culpa do cansaço, e abri a porta para sair, mas parei e voltei para dizer-lhe a verdade; de qualquer modo, eu nunca ficaria numa situação pior do que já estava. Disse que estava apaixonado por ela há anos, que a ideia de saber que ela estava com o meu melhor amigo me fazia ficar fisicamente mal, que queria desfazer a sociedade para não vê-la mais e que tentaria esquecê-la...

Joga o cigarro pela janela e acende outro.

— Primeiro ela começou a rir, ficou surpresa, mas depois... depois veio na minha direção, pegou meu rosto e me beijou os lábios. Achei que ia ter um infarto.

Um infarto teria eu se te beijasse, feio do jeito que é...

— Desde aquela noite não paramos mais de nos encontrar escondido. Nos encontrávamos em qualquer lugar; quando Edgar não estava, ela dormia na minha casa; nos ligávamos até seis vezes por dia, eu era o homem mais feliz do mundo. Ela dizia que nós dois a completávamos, que com Ed funcionava na parte intelectual e comigo funcionava na cama. Dizia que não podia escolher entre os dois. Eu disse, ela era livre, era livre por dentro, não sabia o que era sentimento de culpa, fazia exclusivamente aquilo que a deixava bem...

Na minha casa, esse tipo de mulher tem um nome que começa com P.

— Um dia ela disse que queria deixar Ed porque não podia pensar em acordar todos os dias da sua vida ao lado do mesmo homem, e queria experimentar morar comigo. Você pode imaginar como eu me senti: dilacerado pelo desejo e pelo sentimento de culpa. Mas sou de carne e osso, e o desejo ganhou. No amor e na guerra vale tudo. Ela iria ficar comigo, e com calma, nós contaríamos para Edgar.

Faz uma pausa, aspirando uma porção de fumaça e brincando com o maço.

— E depois aconteceu a tragédia e os acontecimentos tomaram a dianteira. Edgar estava muito mal, bebia e saía com o carro, e eu ficava cada vez pior porque, além de tê-la perdido, tinha que guardar o segredo de ter traído o meu melhor amigo... Depois, lentamente, comecei a me acostumar. E se você não tivesse se intrometido, ninguém jamais saberia disso, como deveria ser.

— Você realmente está convencido de que esconder o seu relacionamento com a mulher dele durante anos e até depois da morte dela seja a única coisa certa a fazer?

— Não havia alternativa.

— Acho que Rebecca não era a única a não ter sentimento de culpa.

— Você não consegue entender, é jovem demais.

— Sim, eu posso até ser jovem, mas desaprovo o que você fez.

— Vou tentar viver com isso. Agora me dê a carta. — Estende a mão para mim.

— Você vai contar a ele?

— Vou pensar.

— Se é assim, nada de carta. — E coloco de novo na bolsa o livro com o envelope.

— Monica, querida, raciocine, é inútil remexer uma velha história com a qual todos se conformaram.

— Você se conformou, mas o seu pobre amigo sofre de uma série de distúrbios causados pelo choque, pela dor e pela raiva de ter perdido Rebecca, sem entender por que e sem poder fazer nada para evitar... Edgar sofreu pela escolha que você fez e, se ele não pode mais perguntar nada a ela, ainda pode conversar com você, e as consequências das suas ações devem ser pagas.

Se você é um homem de verdade, tem que enfrentar as próprias responsabilidades...

Isso é muito anos oitenta...

— ... Edgar não toca nas garrafas porque tem medo de beber e matar alguém, tem que repetir cantigas para exorcizar os perigos do destino, liga o secador quando está nervoso e não anda três metros com o carro sem descer e ir ver se atropelou alguém; só falta ele começar a lamber os interruptores para ficar completamente louco!

— Não sabia que a coisa estava tão ruim.

— Por isso é fundamental que você fale com ele.

— Não é fácil como você pensa.

— Eu sei, mas você deve isso a ele, e, além do mais, vai fazer bem para você também.

— Está bem, Monica, vou pensar sobre isso. Pode me dar a carta agora?

Entrego a carta. Ele olha para mim e, pela primeira vez, vejo um véu de tristeza, e talvez de humanidade, nos seus olhos.

— Lamento como as coisas aconteceram.

— Eu também.

Desço do carro e me encaminho para o ponto do ônibus, esperando já ter entrado nele quando Ian abrir o envelope e encontrar um bônus de desconto para a compra de uma cafeteira de micro-ondas.

Siobhan e Niall já estão me esperando do lado de fora da porta, com as mãos no bolso, batendo os pés e os dentes de frio.

— Oi, gente, desculpem o atraso.

— Já estávamos pensando que tínhamos levado um cano.

— Viva a confiança! — exclamo.

Deixo-os entrar, virei campeã em encontrar o interruptor no escuro.

Eles param no hall e olham em volta de boca aberta. Na verdade é uma supercasa, pena que eu não me sinta mais à vontade aqui do mesmo modo que Lady Diana devia se sentir no Palácio de Buckingham.

— Vamos para lá? Há outras salas, sabem...

Eles ficam em silêncio ao longo do caminho até a cozinha, como se estivessem em um museu.

— Que maravilha — diz finalmente Siobhan.

— Sim, é bonita, mas continua sendo uma casa, não?

— Mas você viu a minha casa?

— Claro, e é muito mais calorosa do que esta, e não estou falando de temperatura. Vamos lá, vamos cozinhar!

Empurro-os para a cozinha e faço Niall pôr a mesa.

Siobhan e eu organizamos um jantar muito simples à base de presunto, pão, queijos e molhos variados.

— Niall trouxe vinho, mas vejo que aqui tem um belo estoque — diz Siobhan, pegando uma das garrafas sagradas de Edgar.

— Essas não! — grito, jogando-me sobre ela, antes que possa mudar as garrafas de lugar...

— Ei, Monica, calma, eu não estava fazendo nada!

— É que Edgar é muito... ciumento das suas coisas.

— Entendo, mas não precisa fazer uma manobra de rúgbi. — Dá um sorriso forçado.

— Desculpe, estou um pouco tensa.

— A propósito, queria agradecer por ter falado com Mr. Angus, não teria suportado mais um dia no porão.

Se soubesse o que me custou fazer com que ele fosse reintegrado...

Temos que quebrar o gelo, estamos muito sérios e, como de costume, nesses casos, a resposta é: álcool.

No fim das contas, eu que vou virar alcoólica.

Colocamos na mesa o que está na geladeira e começamos a passar um tanto de manteiga no pão. Com a barriga cheia se pensa melhor.

— Proponho um brinde — diz Siobhan — à coragem de falar sem medo das consequências.

— À inconsciência! — E ergo o meu copo.

— Às mulheres! — Sorri Niall.

Brindamos.

— E aí, que tal falar um pouco de nós; quem começa?

Silêncio.

— Ok, eu começo; nossa, como vocês são misteriosos, parecem Mulder e Scully. O que querem saber?

— De algumas coisas eu já sei — fala Siobhan meio enrolado —, o que eu não sei é por que uma mulher como você, que deu a volta ao mundo e fala duas línguas, está aqui em Culross.

— Bem, vocês também são legais, até mais do que eu e, no entanto, estão aqui.

— Meu pai está doente, perdi vários trabalhos por isso, mas ele só tem a mim e sou obrigado a ficar aqui para ajudá-lo.

— Eu tenho Flehmen, que ainda é pequeno e frequenta a escola daqui. É um lugar tranquilo e, mesmo não sendo o máximo, para nós está bom.

— Eu estou aqui principalmente por amor. Conheci Edgar em Nova York, mas isso vocês já sabem, e agora estamos tentando fazer a coisa funcionar, apesar de ser difícil; não escondo isso.

— Nunca vi Edgar, a não ser correndo, no carro, ou algumas vezes com Mr. Angus.

— Eu também não o vejo quase nunca, para dizer a verdade, ele trabalha como um louco.

— Mas não foi ele que perdeu a mulher uns anos atrás? — pergunta Niall.

Siobhan me olha para entender se pode falar sobre o assunto com ele e eu lhe faço sinal para ir adiante.

— A mulher dele morreu em um acidente de carro alguns anos atrás, e se diz por aí que tinha outro, mas não sabemos quem.

Meu Deus, que vontade de contar a verdade.

— Eu conhecia Rebecca.

— Verdade? — dizemos em coro.

— Uma linda mulher.

— Sim, isso nós sabemos.

— Especial... interessante.

— Ei, dá pra parar? — Siobhan faz beicinho.

— Ela não era o meu tipo, De... ahn, Siobhan.

— Não vá me dizer que não gostava de Rebecca! Que descanse em paz. Todos os que a conheceram ficaram encantados com ela, você teria sido o primeiro. Mas, cá entre nós, eu a odeio.

— Não gostava dela, era... não sei, muito segura de si, muito caricata, parecia que tudo o que ela dizia ou fazia era calculado para atrair a atenção, para ser notada. Eu preciso de uma mulher que se deixe ser protegida.

— Um brinde ao único homem no mundo imune ao fascínio de Rebecca! — acrescento solenemente.

— E acho que eu sei quem era o homem com o qual ela traía o marido — prossegue Niall.

— Isso é música para os meus ouvidos. Continue.

— Um amigo meu, que tem um hotel em Stirling, via quando ela entrava com um cara. Eu lembro porque começou a me falar sobre isso, e sempre me atualizava sobre as novidades, virou uma espécie de telenovela.

— Um cara moreno, feio, de óculos?

— Não, um louro, mais jovem do que ela pelo menos cinco anos.

— Ah, meu Deus, gente, não é o mesmo que eu sabia — deixo escapar.

— Quer dizer que você sabe quem é e não me disse? — ralha Siobhan.

— Não posso contar tudo a você, né, mal nos conhecemos.

— Mas agora você já disse.

Que péssima agente secreta eu sou...

— Eu sei com certeza que ela se relacionava com um amigo de Edgar.

— Cacete, esses são os piores — exclama Niall.

— Já aconteceu com você?

— Sim, obrigado, já levei um chifre desses — responde com certo sarcasmo.

— Sinto muito.

— Foi uma bela cacetada, mas agora já passou, graças a Deus.

— Bem, todos nós fizemos uma confissão íntima, exceto você, Siobhan.

— Eu? Não tenho nada a dizer de interessante sobre mim — responde enchendo o seu copo.

— Bem, tenho que admitir que Monica deu provas de ser uma amiga de confiança, e eu a considerava uma puxa-saco

— A franqueza dos escoceses, hein?

— Não sei, nunca falei sobre isso com ninguém exceto com você, Niall — sussurra misteriosamente Siobhan.

Nós olhamos para ela em silêncio, não sei o que dizer. É claro que, a essa altura, a curiosidade é insuportável.

— Eu... não me chamo Siobhan.

— Nãooooo, que decepção! E como é o seu nome?

— Meu nome é Deirdre.

— Mas eu não consigo pronunciar.

— Não importa, de qualquer maneira, nunca deve me chamar assim.

— Por que você mudou de nome?

— Porque eu fugi do meu marido e ele está nos procurando.

— Quer dizer que você faz parte de um programa de proteção a testemunhas? — pergunto, arregalando os olhos.

— Não, nada de tão cinematográfico. Fiz tudo sozinha, fui embora com o menino dois anos atrás. Morávamos na Irlanda, meu marido nos batia, eu ia à polícia até três vezes por semana, mas depois ninguém fazia nada. Limitavam-se a dizer-lhe que parasse, mas quando ele fechava a porta, era eu que ficava lá com ele.

Seus olhos se enchem de água com a lembrança. Fita um ponto da toalha e recomeça a falar enquanto Niall aperta a mão dela.

— O medo é a pior coisa. Quando você sabe que ele vai voltar para casa e que qualquer desculpa é boa para bater em você até sangrar, e falta só um pouquinho para que deseje morrer para pôr fim a tudo isso, porque, por mais que grite e peça ajuda, ninguém virá socorrer você. Continuarão todos entocados nas suas casas burguesas e aumentarão o volume da televisão. São os mesmos que, quando entrevistados pela televisão, dizem: "Quem diria que ele a mataria, parecia ser uma boa pessoa", e dá tanta raiva que você gostaria de massacrá-lo com as próprias mãos... Mas depois você pensa naquela criaturinha inocente dormindo ali perto e que só tem você.

— E aí você fugiu.

— Sim, viemos para cá, é uma cidade pequena, ele provavelmente pensa que fomos para Londres ou Dublin, sei lá; o perigo está sempre à espreita.

Niall coloca o braço em volta dos ombros dela:

— Mas agora você não está mais sozinha.

— Isso mesmo. Ah, meu Deus, que tristeza eu causei a vocês, desculpem. Chega. Vamos falar de outra coisa. Agora que o vinho terminou, o que vamos fazer?

— Ok, vamos abrir outra garrafa, mas amanhã temos que comprar outra igualzinha, certo?

— Ei, senhorita. — Siobhan pega o meu rosto entre as mãos e me olha direto nos olhos. — Nunca deixe um homem dominar você, entendeu? NUNCA! Se ele tem ciúmes da merda das garrafas dele, que as ponha no banco e não as deixe aqui à mostra!

— Não é que ele seja ciumento, é mais... uma espécie de mania dele.

— Mania? — repete Niall.

— Ele se sente perdido se as coisas escapam ao seu controle.

— Mas há remédios para isso, acho.

— Não sei, é uma coisa que me deixa pouco à vontade, e com a qual não sei lidar. Desculpem, mas prefiro não falar disso. O que vocês acham de irmos para a sala?

Levantamos e vamos para a maravilhosa sala que todos no mundo gostariam de ter. Acendo o fogo da lareira e nos sentamos todos no chão bebendo e comendo biscoitos. O gato branco se aproxima de Siobhan e ronrona para ela.

— Que puxa-saco, desde que cheguei aqui não se dignou a me olhar, eu estava até achando que ele era a reencarnação de Rebecca.

— Com todos os gatos que tenho, deve estar sentindo o cheiro de algum parente.

Niall espirra.

— Meninas, desculpem, mas sou alérgico.

— É como eu dizia, é Rebecca, você disse que não gostava dela e ela fez com que espirrasse.

Siobhan abre a portinha de um pequeno móvel e vê pequenas fitas cassete.

— O que será isso?

— Parecem ser fitas cassete da secretária eletrônica.

— Não, gente, chega, por favor, não podemos mexer nas coisas dele, não é correto!

Siobhan olha para mim com a fita na mão, depois, como um raio, dispara na direção da secretária eletrônica e a coloca no aparelho. Antes que Niall também consiga dizer alguma coisa, ouvimos uma voz quente, rouca, sensualmente aveludada. A voz de Rebecca.

"Oi, amor... sou eu... São cinco e quinze, não vou conseguir voltar para casa para o jantar. Tenho um monte de trabalho para fazer aqui, não espere por mim, ok? Te amo."

Ficamos paralisados pela voz das trevas; nunca mais vou poder dormir sozinha, que ela vá se danar!

— De quando era essa? — pergunta Niall.
— Está escrito 2000, deve ser uma das últimas.
— Ele guardou todas... — murmuro, enquanto percorro as inúmeras fitas fazendo uma carinha triste.
— Ouça... que tal fazermos um brinde a... — exclama Siobhan de repente.
— Ao meu aniversário... que é amanhã.
— Parabéns! — diz Niall. — Se você tivesse nos dito, teríamos trazido um presente para você, cabeçuda!
— Não, assim está bem.
— Olhe, vou te dar um presente: um brinde à vadia da Rebecca, que, se ainda estivesse aqui, teria privado Edgar da possibilidade de conhecer um doce de garota como a nossa Monica; que descanse em paz!

Um pouco forte, mas mais do que justo!

Tim-tim!

# SETE

 noite custa a passar aqui na Transilvânia.
Estou morrendo de medo de ficar sozinha aqui esta noite. A cama não esquenta, começou a ventar e fiquei com a voz de Rebecca nos ouvidos. Eu até ligaria o secador, se ajudasse a não ouvi-la mais.

Mandei uma mensagem para Ed, mas ele, de tão ocupado, não me respondeu, e tenho medo de que Ian tenha lhe telefonado e dito que eu fucei nas coisas dele.

Sinto a consciência muito suja, o coração bate forte e estou me borrando. Mas vamos olhar o lado positivo: se eu morrer de medo, pelo menos não tenho que me explicar para ninguém.

Tenho certeza matemática, os fantasmas existem e ela está aqui, olhando para mim e me desaprovando. Espero que o artigo sobre a minha morte seja escrito por Siobhan:

*Morta misteriosamente na véspera do seu aniversário.*
*Que presenças obscuras esconde aquela casa?*

Adormeço quando escuto o galo cantar, imagino que seja cinco horas; paciência, hoje é o meu aniversário e tenho o direito de dormir quanto quiser e de comer quanto quiser e, principalmente, de beber quanto quiser, apesar de estar exercendo este direito bem frequentemente nos últimos tempos.

Depois do que me parecem dois minutos de sono, batem na porta. São quase nove horas e o zeloso carteiro já está aqui para me torturar. Quem sabe ele vai embora se eu não atender, mas ouço chamarem meu nome em voz bem alta.

Eis outro problema das cidades pequenas: dão por certo que eu esteja em casa e que esteja sozinha. Não é à toa que Rebecca passava tanto tempo fora de casa.

Desço de pijama, cheia de olheiras, evitando falar muito perto da cara do carteiro, dirigindo a palavra ao batente da porta, para não fazê-lo desmaiar com o meu hálito de queijo podre!

Ele me entrega um enorme buquê de flores e um pacotinho.

— De quem são? — pergunto, aturdida pela surpresa, pelo frio e pelo sono.

— Quem manda é um tal de David Miller, de Nova York. Assine aqui, por favor.

David? Ele se lembrou do meu aniversário?

Pego o enorme cesto de rosas vermelhas e antúrios e recuo com dificuldade até a mesa.

O pacotinho contém uma correntinha de ouro com uma pequena Estrela de Davi, e o cartão diz "Para a minha estrela. David".

Algo me diz que ele deve ter gastado uma fortuna em pingentes iguais a este, desde os tempos do ensino médio. Mas é tão bonitinho. Por que esse tipo de delicadeza nunca passa pela cabeça do homem que amo?

Como gostaria de ver Edgar se materializar, usando uma gaita de foles, para me desejar feliz aniversário.

Coloco o meu novo pingente e vou até a cozinha preparar um café da manhã especial; depois vou tomar banho, marcar uma hora no cabeleireiro para fazer manicure e depilação, e quando Ed voltar do trabalho vai encontrar uma mulher maravilhosa esperando por ele, para escutá-lo, apoiá-lo e cavalgá-lo, se está clara a alusão.

Enquanto beberico o meu chá, acompanhado pela quarta fatia de torrada com geleia de mirtilo, chega uma mensagem no meu celular.

É do meu pai: "Cara Monica, eis aqui material para o seu novo livro: Lavinia e eu estamos esperando um filho. Nos dedicamos muito a isso e estamos muito felizes! Já que você não se encarrega de me dar um neto, eu fiz um sozinho. Parabéns e um maravilhoso aniversário do seu pai avô."

Tudo dá errado para mim; para dizer a verdade, toda a minha vida dá errado. E agora, quem vai contar à minha mãe? Um presente de aniversário original, sem dúvida!

E depois de um minuto, eis a minha mãe.

— Parabéns a vocêêêê!
— Obrigada, mamãe.
— Como você está? Tudo bem por aí?
— Sim, estou bem, é muito bom aqui.
— E o namoro? Também está indo bem?
— Com altos e baixos…

— É a vida, minha menina, é preciso se acostumar. Já sabe da novidade?

— Ahn... sim, acho que sei.

— E quem contou para você?

— O papai, por SMS.

— Ah! Agora ele sabe mandar SMS? E o que ele disse? Mas por que sou sempre eu quem tem que fazer o trabalho sujo? Sempre!

— Que eles estão felizes.

— Ah, sim? E só?

— Que se dedicaram muito a isso, e que, pelo menos, terei material novo para um livro.

— Ah, é? Mas vejam só, se dedicaram muito a isso, mas fui eu que me dediquei por meses! Pedi uma ajudinha a eles uma vez e já querem ficar com o mérito.

— Como assim... pediu uma ajudinha a eles, mamãe?

— Para pegar um empréstimo para a loja que vamos abrir com a Rita, né?

— Aaaah, a loja, claro, veja só, sei lá o que imaginei!

— Vamos abrir uma loja de reconstrução de unhas, fiz um curso; se você visse como sou boa nisso!

— Caramba, que bela novidade, mamãe. Você mudou de vida nos últimos três meses.

— Sim, chega, dei um basta ao passado, ainda não estou com o pé na cova e, enquanto tiver saúde, quero aproveitar o máximo!

— Santas palavras, mamãe.

— E agora que o seu pai vai ter um filho, imagino que vá precisar de ajuda.

— Então você sabe...
— Claro que sei, fui a primeira a saber, ele está feliz como uma criança, quase me comoveu.
— Mamãe, não estou reconhecendo você, o que houve?
— Decidi viver, Monica. Você falou bem, cultivei rancores por 23 anos, agora chega, quero recuperar o tempo perdido. Sabe que me inscrevi na academia? Estou fazendo boxe e pilates, já perdi quatro quilos.
— Mamãe, estou orgulhosa de você.
— Tenha um feliz aniversário, querida, você tem só 32 anos, a vida ainda vai começar para você.


Ela me transtornou, eles me transtornaram em dez minutos.
E eu que achava que eles ficariam em casa à toa, enquanto eu viveria várias experiências maravilhosas.
Um filho.
Teoricamente deveria ser eu a fazer filhos, e já estou atrasada. Se nós o fizéssemos, digamos... hoje, quando ele tiver 10 anos eu vou ter 42, e quando ele tiver 20 eu vou ter 52. Se o pai for Edgar, ele teria... 58 daqui a dez anos e 68 daqui a vinte!
Socorro, já é tarde; supondo que conseguíssemos na primeira tentativa, vai passar quase um ano antes de ele nascer.
Preciso falar com Edgar o mais rápido possível, não há um segundo a perder, esse é o único caminho para fazer com que ele se desligue do passado.
Ao meu redor todos têm filhos: Sandra, meu pai, Siobhan. E não pode ser um acaso. Se eu não perguntar para ele, duvido que se ofereça, ocupado como é com o trabalho.
Ed me liga. Falando no diabo...

— Estou vivo!

— Estou vendo, ainda bem, estava começando a ficar preocupada.

— Estou um caco, mas contente, consegui contatos novos, também com a Rússia e talvez, dedos cruzados, com a China.

Que bom, mais trabalho...

— Fico feliz por você, querido.

— Ian me ligou, disse que vocês se encontraram.

Meu coração bate na garganta, tinha me esquecido desse detalhe. De novo me sinto como a menina esperando o castigo, mesmo não tendo feito nada de mal. Nada em comparação com o castigo que caberá a Ian.

— Sim, nos encontramos...

— Você não deve se preocupar muito.

— Ah, não?

— Não, gatinha, é um lançamento e não um parto!

Ele disse "parto". É um sinal divino.

— Ah, ele falou que estou preocupada...

— Até apavorada. — Ri.

Cafajeste, essa ele vai me pagar.

— Ele deve ter exagerado, só estou meio nervosinha.

— Meio? Mas você disse que perdeu a coragem!

— Não, eu não disse isso.

— E também não chorou?

— Claro que não chorei! — digo irritada.

— Isso mesmo, ele me fez prometer não falar sobre isso com você, porque negaria!

— Claro que negaria, não é verdade.

— Gatinha, não estou zangado com você.

— Não estou nem ligando se não está zangado com uma coisa que não fiz. Encontrei Ian, mas não falamos disso; se você não quiser acreditar, não posso fazer nada!

— Fique calma, Monica, não precisa se agitar tanto.

— Não gosto quando você duvida de mim... especialmente no dia do meu aniversário.

— O seu o quê?

— Aniversário.

— Ai, meu Deus, o seu aniversário!... Monica, não sei como dizer o quanto lamento, sou um merda, não dou uma dentro.

— Você esqueceu, acontece — respondo, triste.

— Minha gatinha, desculpe, vou me livrar disso aqui o quanto antes, vou tentar estar em casa amanhã de manhã cedo, vamos comemorar como você quiser, me cubro de chantili, me fantasio de coelho, cozinho pra você, vou ser o seu escravo, topa?

— Jura?

— Juro!

— O que eu quiser?

— O que você quiser!

— Bem, vou começar a fazer uma lista, tchau.

Não vai poder me negar um filho depois de uma turada dessas.

Saio para ser mimada em um salão de beleza do qual Siobhan me falou, atordoada pela quantidade de novidades, mas também feliz por não ver nem falar com Margareth há dois dias.

Ian é duro na queda, depois da história com a carta esta demonstrando que não vai ceder, mas ainda estou com ele no cabresto, o meu caro Tony Soprano.

Lá fora, na estradinha, há duas garotas louríssimas, vestidas com casacos curtos, pernas nuas e saltos altos, que assim que me veem, vêm correndo ao meu encontro.

Me viro para ver se consigo alcançar a porta da frente e fazer uma voz de doméstica, mas elas são muito mais rápidas do que eu, me alcançam com duas passadas.

Tento falar antes que me proponham uma assinatura do "O Diário de Curroxo", mas a mais alta das duas me dá um sorriso constrangido.

— Oi, é você que escreve os artigos sobre a Paris?

— Ahn... bem, não deveria falar disso, mas agora acho que não é mais segredo...

— Quer dizer? — diz a outra.

— Quer dizer que sim — repreende-a.

— Escute, você conhece a Paris?

— Paris Hilton? Não, não a conheço pessoalmente.

— Não? Que saco! Ela é o nosso ídolo, esperava que você a apresentasse para a gente — exclamam, desiludidas.

— Ah, não, meninas, lamento, sei praticamente tudo sobre ela, mas nunca a encontrei.

— Sabe, abrimos um fã-clube aqui em Culross, somos umas dez, todas leem a sua coluna; nos vestimos como ela, nos penteamos como ela, todas conhecem as músicas dela e estávamos pensando se, bem... se você gostaria de ser a nossa... presidente honorária.

— Presidente honorária?

— Sim, quer dizer, você não tem que vir obrigatoriamente em todas as reuniões, talvez na sua idade isso seja um saco, mas seria legal que você, quem sabe, sei lá, passasse para nos fazer

uma visitinha qualquer hora, ou a cumprimentasse em nosso nome, se algum dia você a encontrar; você é jornalista, não?
— Sim, claro, apesar de já ter certa idade...
— Você aceita?
— Aceito!
— *Wow it's hot*! — diz a mais alta.
— *So hot*! — faz eco a segunda.
Me dão um selinho nos lábios, riem e vão embora.
— É velha, mas é simpática, não? — ouço-as dizer.
Que aniversário absurdo...

Tenho um dia maravilhoso, sob o signo da preguiça e do prazer.

Embaixo daquela massa de pelos ainda havia uma mulher. Até a esteticista não conseguia entender onde acabavam os meus cabelos.

Fiz uma massagem ayurvédica, beberiquei infusão de frutas vermelhas e escolhi um esmalte fantástico para as minhas microunhas.

Depois as pessoas se perguntam como é que os ricos passam horas em um salão de beleza. Onde mais deveriam estar?

Voltando para casa, vejo Margareth saindo pela porta principal. Mas por que ela não entende que não se faz isso?

— Oh, Monica... fiquei sabendo do seu aniversário! Que vergonha, Edgar se esqueceu. Ele ficou mal...

Ele, hein?

— ... Preparei um bolo e o deixei na cozinha. Eu o comeria com você, mas estou ocupada hoje à noite; se eu soubesse antes teria preparado um delicioso jantarzinho para você.

Queria que se afogasse em sua própria falsidade.

— Obrigada, é muito gentil da sua parte, mas não devia se incomodar. Vamos comemorar todos juntos quando Edgar estiver de volta.

Mas depois seria a minha vez de ser afogada pela minha falsidade.

Entro e me atiro imediatamente sobre o meu bolo de aniversário, afinal é o meu dia e hoje faço o que quiser.

Um bolo de pão de ló de três camadas, com creme de ovos, coberto de glacê de chocolate e granulados coloridos.

Levo o bolo até o computador e começo a comê-lo diretamente da caixa.

Escrevo um e-mail agradecendo a David e outro para Sandra.

Sandra,
provavelmente quando receber este e-mail a nenê já terá nascido.

Não posso fazer nada além de dizer que amo você e que se concentre ao máximo em si mesma e na sua filha.

Deixe Julius para lá, depois você pensa nele. Talvez também esteja nervosa por causa dos hormônios, e, depois do parto, estou certa de que você vai ficar mais tranquila e nem vai ligar para ele.

Ou então diga a ele que vá pastar!

Brincadeiras à parte, não quero que essa raiva cause problemas a você. Eu estou longe e sem poder fazer nada, portanto não me deixe preocupada. Estou te abraçando apertado, está sentindo?

Dê um beijo em Mark,
M

#  O Amor Não É para Mim

Comi mais de um quarto do bolo, sinto que vou explodir.

São quase oito horas, não posso jantar, não tenho nada para fazer, e os únicos amigos que tenho encontrei ontem à noite.

O trabalho pode ser um saco, mas pelo menos preenche a vida.

Por volta das nove, depois de ter tomado dois antiácidos e ter meditado sobre a ideia de aprender novos hobbies, começo a me preparar para ir para a cama, quando escuto um carro na estradinha.

É o carro de Edgar, ele voltou antes.

Sabe lá quando partiu, considerando que para a cada 6 metros.

Que bom, ele voltou, o meu amor voltou. Já vou correr ao encontro dele quando duas coisas me freiam bruscamente: uma voz de mulher e a garrafa de vinho que ninguém comprou.

Ai, meu Deus, não sei o que é pior.

Edgar e uma loura altona saem rindo do carro. Quem é essa aí? E o que vou pôr naquele buraco vazio no lugar da garrafa?

Entram pela porta de serviço. Ah, não!

Se acontecer um evento inesperado, tipo, um incêndio, talvez ele não tenha tempo de notar.

— Monica, cheguei. Essa é Morag, vai jantar conosco!

Morag? Esse mulherão é Morag? A velha Morag da administração? O anjo da guarda? Morag do calendário Pirelli? Puta merda!

— Surpresaaa! — dizem em coro.

— ... Presa... — murmuro com os dentes cerrados.

Edgar me abraça apertado e lentamente vou pondo o traseiro diante das garrafas.

Nunca menosprezem a utilidade de um bundão.

— Essa é Morag, falei dela para você.

— Prazer, Monica, finalmente nos encontramos.

É muito bonita, tem olhos acinzentados, cabelos louros, pele branquíssima e um tailleur risca de giz cinza. A calça tem um caimento perfeito.

— Vou trocar de roupa enquanto vocês se conhecem.

Deve ir cumprimentar as meias, imagino a falta que sentiu delas.

— Não sabe o quanto Edgar me falou de você — me diz Morag, com um ar sincero e direto.

— Eu também ouvi falar de você, mas... achava que você era... diferente.

— Eu sei, as pessoas pensam que os contadores são empregados grisalhos e corcundas, curvados sobre a calculadora.

Nos olhamos por um instante, balançando para a frente e para trás com as mãos no bolso.

— Quer beber alguma coisa? — pergunto, sem pensar que estou fazendo um gol contra.

— Sim, obrigada, talvez vinho tinto.

Justamente.

— Ah, infelizmente não temos vinho tinto, sabe, o Edgar não bebe...

— Ah, é, sempre me esqueço dessa história, no restaurante sempre bebo sozinha.

— E eu não sei? Eu também!

— Uma tristeza, beber sozinha e o celular dele que não para de tocar.

— Sim, todas as vezes que está à mesa ele come grudado no telefone!

— Você não sabe quantas vezes eu lhe disse isso, e também... — abaixa a voz — ... a quantidade de vezes que liga para a mãe dele?

— Siimm — grito de alegria e dou pulinhos enquanto bato as mãos: encontrei a minha melhor amiga. — Insuportável!

— Muito cansativo!

— O que você acha de eu preparar um gim-tônica para você?

— Negócio fechado, amiga!

Edgar desce com outra roupa e de banho tomado. Gostei de Morag e fico feliz que ela seja colega dele. Brincam entre si como velhos amigos, mas não há sinal de malícia por parte de nenhum dos dois. De qualquer modo, não resolvi o problema da garrafa, e passo toda a noite com as costas contra o móvel até que Edgar leve Morag em casa.

Assim que saem, me apresso a vestir um casaco e saio correndo como uma louca até o único pub de Culross. Tenho cerca de meia hora antes dele voltar se parar só quatro vezes pelo caminho.

O pub já está fechado, não há uma alma por perto; a minha única esperança é Siobhan. Vou voando até a casa dela, mas as luzes estão apagadas, devem estar dormindo. Toco a campainha.

Como previa, ninguém atende, mas ela tem que estar em casa, aonde pode ter ido? Dou a volta em torno da casa e chego embaixo da janela do seu quarto. Tem uma pequena luzinha acesa, talvez esteja lendo. Jogo umas pedrinhas, mas ela não me ouve; tenho que insistir, é tarde demais.

Mas por que continuo me metendo nessas situações?

Vou subindo colocando os pés nas fissuras dos tijolos e mal consigo chegar com o nariz no vidro da janela. Olho para dentro.

Dá para entender por que ela não me escuta, aqueles dois estão trepando como dois cachorros no cio, e com música!

Agora vou precisar esperar que acabem...

Vamos, Niall, rápido... vai... mas quanto tempo você precisa, vai... vai, anda, mais rápido... vai logo, aíííí; não, alarme falso. Se um policial passar, como vou poder explicar isso? Vamos, Niall, sim, sim, assiimm, muito bem, mais um pouco, tá quase lááá, issssooooo!

Aleluia!!!

Aplaudo e, antes que terminem de ofegar, começo a bater com a mão aberta no vidro.

Siobhan se aproxima, toda descabelada e com o rosto vermelho, usando só uma coberta.

— Monica? Você? Tá doida?

— Desculpe, mas não pude esperar pelo cigarro, preciso da garrafa, Edgar voltou antes!

— Sim, você é uma doida varrida. Sabe onde aquele lá tem que enfiar uma garrafa? Espere, vou descer.

Ela vem abrir a porta para mim.

— Você é uma imbecil, não pode fazer essas coisas consigo mesma, sair correndo de noite, sozinha, por causa de uma garrafa! Já estava achando que era o meu marido!

— Mil desculpas, mas não sabia mais o que fazer, da outra vez ele ficou zangado porque eu mexi nas suas coisas e...

— Monica, você acha que isso é amor, mas não é assim que deveria ser, você deveria se sentir livre para dizer e fazer o que pensa.

Estou tremendo.

— Sim, tem razão, da próxima vez vou fazer como você está dizendo, agora me dê a garrafa, por favor?

— Espere, já volto.

Entra e sai de novo com uma garrafa de vinho tinto, que nunca vai ser igual à garrafa certa, mas pelo menos é uma garrafa.

Me despeço dela e dou no pé.

Chego em casa dois minutos antes dele; deve ter parado pelo menos nove vezes.

Estou roxa e gelada, tiro a roupa e vou pra cama.

— Aqui está você, gatinha — diz ele, entrando no quarto —, mas você está congelando, o que houve?

— Não sei, deve ser o aquecimento.

— Mas você está com gelo nos cabelos, vou ligar o secador para você.

Agora qualquer desculpa serve.

— Não, vamos, agora vai derreter de qualquer jeito, venha me fazer muito, muito carinho porque estou precisando muito, muito.

Ed entra debaixo das cobertas comigo e me abraça bem apertado. Finalmente demonstra que sentiu a minha falta.

— Parabéns, meu amor. Você está linda, sabia?

— Você também está lindo e me fez falta.

— Não consegui trazer um presente, mas...

— ... Mas você poderia me dar um presente agora mesmo — sussurro, enfiando as mãos entre a cueca e as nádegas dele e enroscando as minhas pernas nas suas.

— Um instante, vou pegar um preservativo.

— Não, espere... não importa, deixe para lá.

— Como, deixar para lá? Da outra vez você não me deixou nem chegar perto de você!

— Por que não experimentamos ver o que acontece?

— Como assim?

— Poderíamos experimentar ter um filho...
Edgar muda de expressão e engole em seco.
— Você está brincando, não é?
— Nunca falei tão sério.
Nesse meio tempo, pelo amolecimento geral, percebo que o efeito surpresa foi fatal para ele.
— Você quer um filho?
— Sim, queria um filho seu.
— Meu.
— Seu.
— Nem pensar. — Ele começa a enfiar o pijama, nervoso.
— O que eu mais amo no seu temperamento é que se pode discutir qualquer assunto com você.
— Nunca quis ter filhos.
— Por quê?
— Não estou preparado.
— Mas você pode me dizer quem neste mundo está pronto para uma coisa dessas? Se as mulheres esperassem que os homens estivessem preparados, a raça humana estaria extinta há um bom tempo.
— Isso não cola comigo, Monica, vamos mudar de assunto, não quero nem ouvir falar disso.
— Por acaso você está sabendo que o meu pai e a companheira dele estão esperando um filho?
— Parabéns, mas eu não tenho essa coragem.
— Então me explique uma coisa: por que, se você está tão apavorado com a ideia de ser pai, fui eu que tive que insistir para tomarmos cuidado, enquanto você só soube dizer "não se preocupe, estou prestando atenção"? O que você teria feito se o seu método tivesse fracassado e eu tivesse ficado grávida?

## O Amor Não É para Mim

— Monica, por mim, o problema nem existiria.
— Por que você não faz uma bela vasectomia? Seria mais coerente.
— Não vejo por que deveria.
— Você sabe que é, em absoluto, a pessoa mais egoísta que eu conheço?
— Não sou egoísta, mas isso não é pra mim, e, além do mais, já tenho 50 anos, já teria feito isso se tivesse sentido a necessidade de me reproduzir.
— Parabéns, eu diria que essa, de todas as suas inflexibilidades, bate todas! Não se incomode... vou dormir no outro quarto. Já estou mesmo me acostumando a dormir sozinha.

Choro a noite toda.
De manhã, sobre a mesa, encontro mais uma poesia de Poe.

> Gostaria de ser amada? Faz com que teu coração
> do caminho de agora não se afaste;
> Seja tudo o que que agora tu és
> e nunca sejas o que não te tornaste.
> Assim, tua gentil educação,
> tua graça, tua mais que beleza,
> serão um tema de elogio infindo
> e o amor, uma pura devoção.

Linda. Ele sabe onde deve colocá-la?
Antes de ir trabalhar, vou me dedicar às coisas desagradáveis: ligar para Ian.
— Querida, como vai?
— Ótima!

— Estava pensando em você, sabe? Estava fazendo café com a cafeteira para micro-ondas...

— Fico contente que pense em mim.

— Está pronta para o lançamento?

— Sim, queria saber se você ainda quer fazer isso.

— Meu bem, claro que quero fazer, agora mais do que nunca.

— Bem, sei que você falou com Edgar e que lhe disse que estou muito preocupada.

— Por que, por acaso não está? Deveria estar.

Essa é uma verdadeira ameaça.

— Na minha opinião, você late, mas não morde.

— É verdade, Monica, só você me entende, no fundo sou um bom homem.

— Sim, você é. Somos amigos de novo?

— Sempre fomos, amada.

— Fico contente em saber, nos vemos no lançamento.

Fiuuuu! E agora mais essa! Estou me tornando uma puxa-saco profissional.

Na redação, mal cruzo o olhar com Niall e começo a dar risadinhas. É mais forte do que eu. Quanto mais tento ficar séria, mais me vem à mente o traseiro magro dele, e ele se esforçando como um desesperado enquanto Siobhan o agarra pelos cabelos.

Niall percebe e fica vermelho, depois ri também.

— Oi, garanhão.

— Oi, voyeur.

Sobre a minha escrivaninha há um envelope rosa perfumado e com lantejoulas.

Vem do Fã-Clube de Paris Hilton, que me convida para a minha nomeação oficial como Presidente Honorária.

## O Amor Não É para Mim

Já a notícia-bomba vem das Bahamas. Chegou um e-mail de Mark.

Oi, menina, adivinhe:
Jazlynn Monique nasceu hoje de manhã, às 6h41, é linda e pesa 3 quilos e 800 gramas.

O peso é aproximado, já que foi calculado em uma balança normal.

Enquanto estou escrevendo, Sandra está dormindo, teve um trabalho de parto longo e cansativo. Não vou repetir para você os insultos que ouvi; de qualquer forma, estão todas bem.

Há tanto tempo que eu queria escrever para você, mas aqui os meus dias são muito cheios, estou sob o comando rígido da avó de Sandra, que não me deixa respirar.

O conceito dela de gay é equivalente ao de "criada branca preguiçosa", mas eu a adoro. É uma daquelas mulheres de outros tempos, acostumada ao trabalho duro. Faz poucos elogios, mas tem um grande coração.

O resto do tempo eu passo tentando escapar de Julius, para evitar que ele quebre o meu nariz outra vez.

Agora tenho uma levíssima saliência no nariz, mas ela me deixa ainda mais fascinante; assim, quando voltar para Nova York, vou poder me gabar contando aos meus amigos que provoquei uma briga!

Julius, como Sandra deve ter dito, é a pedra no nosso sapato, não sabemos o que fazer com ele. Não é mau, mas é um preguiçoso, está acostumado a ser servido, não lava nem o prato em que come e, com a questão de ser o pai da menina, acha que tem direitos até sobre a casa.

Sandra está furiosa como uma arara; espero que com o parto se acalme um pouco, mas houve noites inteiras nas quais ela relaxava me contando a lista das maneiras como poderia acabar com ele.

Eu ria dela, mas quando ia para a cama, ficava acordado para ver se ela não se levantaria para sufocá-lo com um travesseiro. Que era, de qualquer maneira, a morte mais indolor que reservara para ele.

Ele não a viu, porque ainda está dormindo e nem tiros de canhão conseguem acordá-lo, mas não escondo de você a minha preocupação.

Vou sempre ser o segundo pai dela.

E você? O que está esperando para pôr a cabeça no lugar? Quando vai casar e ter três filhos?

Edgar continua adorável? David era mais gato.

Um beijo e um abraço, por enquanto

Mark

Tá bom, pode esfregar na minha cara. Todos fazem filhos e depois continuam a me perguntar por que eu não faço.

Sim, Edgar continua sendo adorável. Como uma anaconda.

Escrevo um artigo sobre Paris, que foi acusada de dirigir alcoolizada. Sorte dela que pode fazer o que quiser sem pedir autorização a ninguém.

Hoje estou me sentindo muito polêmica, deve ser porque estou mais velha.

De noite, espero Edgar voltar. Depois da poesia, não falei mais com ele, provavelmente deve pensar que isso basta para fazer calar o meu instinto materno recém-nascido. Rá! Ele vai ver que sou osso duro de roer.

Quando ele volta eu estou na minha, cumprimento-o distraidamente e continuo arrumando as coisas. Deixo o jantar dele aquecido e invento uma dor de cabeça para poder subir para o quarto.

A rainha do sentimento de culpa. Mas com quem terei aprendido isso?

Quando ele sobe, estou folheando uma revista. Como se fosse de propósito, a cada três páginas há fotos de crianças, exatamente como quando você está de dieta e só vê imagens de comida.

— Monica, está zangada? — pergunta, colocando os sapatos na sapateira.

— Não, Edgar, não estou sequer zangada, estou desiludida.

*Yesss*! Essa resposta vale um bônus de mil pontos.

Ele se senta na cama e me acaricia meu rosto.

— Sabe, refleti muito hoje. Você tem razão, nunca tínhamos conversado sobre ter filhos, eu tinha dado tantas coisas por certas. Pensei só em mim, fui egoísta, não pensei que você tem 32 anos e que é muito natural que queira filhos...

Sinto que está vindo um mas...

— ... Mas por mais que eu tente colocar na cabeça a ideia de ter um filho, não consigo mesmo imaginar.

Olho séria para ele.

— Portanto, nada de filhos.

— Não por enquanto.

— Já é um início.

— É o máximo que posso fazer.

— E casamento?

— Casarmos, eu e você?

— Está vendo mais alguém aqui dentro?

— Não, mas...

Mais um mas.

— O casamento é uma instituição...
— ... falida?
— Dá para abrir mão dele, não acha?
— Sabe o que eu acho? Eu acho que você não me ama.
— Não é verdade, eu amo muito você.
— Não é com poesias que vai me demonstrar isso, Ed. Você não está nem tentando.
— Mas o que mais eu deveria fazer?
— Deveria tentar se deixar viver. Você está congelado no seu passado, não pode ter a pretensão de que eu fique com você por vinte anos como se fôssemos dois namoradinhos de escola.
— Por que não? Um monte de gente está junto sem se casar e sem ter filhos.
— Sim, porque os dois querem isso, mas eu não concebo um relacionamento duradouro sem filhos e sem casamento. É uma questão de escolhas e de responsabilidade. — Caramba, como amadureci desde ontem!
— Monica, eu... eu não sei. — Ele levanta; está visivelmente confuso, remexe os dedos e caminha para lá e para cá.

Como ele gostaria de estar sozinho para contar suas meias e seus azulejos com o secador ligado!

De repente, vê alguma coisa no chão e se inclina para pegar. Fica durante uns segundos observando uma foto.

— E isso, o que é? — pergunta, mostrando uma fotografia de Rebecca.

Puta merda, deve ter caído enquanto eu levava as fotos lá para baixo.

— Não tenho ideia.
— Esta foto não deveria estar aqui.
— Não sei de nada, Edgar.

— Monica, diga a verdade. — Fica sério de repente, quase me dá medo.

— Estou dizendo.

— Monica, que merda, não pense que sou um imbecil!

— Não acho que você seja imbecil, não sei de nada, você tem que acreditar em mim.

— Essas fotos estavam em uma caixa no armário que fica embaixo da escada, ninguém sabe que estão lá, nem minha mãe.

Pronto, eu ia justamente pôr a culpa nela, até esse álibi caiu por terra!

— Monica. — Ele me olha nos olhos, tentando se acalmar. — Monica, diga a verdade, por favor. Prometo não ficar zangado. Foi você quem pegou esta foto de Rebecca?

Olho para ele durante longos segundos. Voltei a ter 8 anos, quando aprontei uma daquelas e me tranquei no banheiro. Meu pai dizia que, se eu saísse, ele não ficaria zangado. Eu saía e levava uma palmada colossal.

Eu sempre caía.

— Sim, Edgar, fui eu que peguei a foto, queria ver como ela era...

Um lampejo de desprezo atravessa o olhar dele.

— E eu deveria me casar com uma mulher que faz coisas pelas minhas costas?

# OITO

Há dez dias que não nos falamos.

O lançamento vai ser amanhã à noite e eu estou em pânico total.

Fico girando *O suspiro do tempo* nas mãos e nem parece mais que é meu.

Não há ninguém para me ajudar, ninguém para me preparar, para me apoiar. Deveria ser um dos momentos mais bonitos da minha vida, mas eu gostaria de desaparecer.

Estamos separados em casa, falamos por monossílabos, comemos em silêncio total e dormimos em quartos separados. Não sei quanto tempo vai durar esta situação. Tentei falar com ele, mas ele diz que está muito irritado, que não está lúcido e que deve aplacar a raiva. Não consigo nem fazê-lo rir.

A única que serve de intermediária entre nós é Morag, que lamenta sinceramente. Ligo para ela todos os dias e ela me atualiza sobre as suas tentativas de fazê-lo refletir.

Já Siobhan diz que sou uma burra porque deixo que pisem em mim, mas ela não entende. Isso também faz parte do amor, ele está sofrendo e eu o decepcionei, tenho que recuperar a confiança dele e é normal que eu fique no purgatório agora.

Mas estou triste. Ligo para Morag.

— Bom-dia, Monica, como está se sentindo?

— Bem, estou tensa por causa do lançamento.

— Vou estar na primeira fila para apoiar você, não se preocupe.

— E Ed? Você acha que ele vai?

— Querida... perguntei a ele hoje de manhã mesmo. A questão é que... ele... nunca vai aos lançamentos, faz isso por princípio, não me pergunte por quê.

— Mas o meu é um caso especial, não? — Meus olhos se enchem de lágrimas.

— Eu falei com ele, Monica, você precisa acreditar em mim, quase briguei com ele. Me respondeu que não devo me intrometer e pronto. Disse que ele me decepcionou, mas ele nem respondeu.

— Mas o que você acha que eu devo fazer?

— Concentre-se no livro. Vai dar certo, eu vou estar lá, Ian é competente. Fique tranquila, sei que não é a mesma coisa, mas esse é o seu momento, não deixe que ele o estrague com os seus caprichos.

— Não tenho escolha.

Hoje à noite tenho que ir ao fã-clube das garotas para a "posse oficial". Espero não precisar me vestir de cor-de-rosa.

Na redação estou tensa como uma pipa de madeira, Niall e Siobhan zoam de mim.

— Quer uma massagem?

— Um chá de camomila?

— Florais de Bach. Dou até para os meus gatos quando estão no cio.

Olho para eles com a testa franzida, mas estou tão nervosa que não tenho nem forças para retrucar.

Mr. Angus passa diante da minha escrivaninha e, olhando para o chão, me diz:

— Enton, boa sort'!

— Obrigada, Mr. Angus.

Ele parece ter envelhecido uns vinte anos desde o episódio do celular.

Niall insiste:

— Mas uma escritora famosa como você não deveria fazer um seguro das mãos?

— E você não precisa de uma assistente pessoal? Alguém que traga a sua água preferida e leve o seu cachorro para passear?

É incrível, não consigo responder, o terror me paralisa. Ai, meu Deus, o que vou fazer, me sinto como em um universo paralelo.

Me distraio lendo o último e-mail de Sandra.

Cara Monica,
agora estou me sentindo melhor. Bem que se diz que um parto e um parto.

Fiz tanta força que as minhas gengivas sangraram e, a certa altura, achei que meus olhos iam saltar das órbitas.

Jazlynn é maravilhosa, tem a minha boca e os meus cabelos; Mark diz que as orelhas são de Julius, mas não quero nem pensar que a minha filha também tem os genes dele.

O problema é que ela chora a noite inteira. Vovó diz que eu também chorava assim, que ela também vai ser cantora, mas eu não durmo há quase uma semana, meus mamilos estão em chamas, estou com hemorroidas, até meu nariz inchou.

Por que nunca contam essas coisas quando a gente está grávida? Não acho que deviam ser subestimadas.

Quando Deus disse: "parirás com dor", não estava brincando mesmo!

Julius, assim que viu a menina, pegou-a no colo e correu para fora gritando: "Olhem, esta é a minha filha!" Sacudia-a para cima e para baixo como uma boneca, foi a coisa mais aterrorizante da minha vida.

Levantei com um enorme esforço, mas decidida a arrancar-lhe os olhos da cara. Por sorte, Mark chegou e tirou-a dos braços dele.

A menina chorava, tinha se assustado, eu disse a ele que não se aproximasse mais, mas ele respondeu que ela é sua filha e que tem o direito de pegá-la quando quiser.

Agora vivo com medo de que ele se aproxime quando estou no banheiro ou quando adormeço, talvez seja por isso também que não consigo pegar no sono.

Mark, minha mãe, minha avó, todos se oferecem para revezar comigo, mas não consigo confiar em ninguém.

Você não sabe como uma mulher muda quando se torna mãe.

Um abraço

Sandra

Nem sei se algum dia vou saber como uma mulher muda quando se torna mãe.

Quando vou para casa para me preparar para a noite, encontro Margareth.

Parece desconfiada, mas talvez eu esteja paranoica. Espero que Edgar não tenha lhe contado o motivo pelo qual se zangou comigo. Que vergonha.

— Oi, Monica, há quanto tempo não nos vemos. Como você está?

— Bem, um pouco nervosa por causa do lançamento.
— Ah, é, Edgar tinha me dito, mas não vai ser um parto! Ai, caramba...
— Sim, é o que todos me dizem, mas eu nunca falei em público.
— Nunca morreu ninguém por isso, acredite... você seria a primeira.

Ah, não, considerando Rebecca, eu seria a segunda. Pena que as melhores anedotas do meu repertório eu não possa contar...

— Está tudo bem com Edgar?
— Sim, Margareth, por que você está perguntando para mim?
— Sinto que ele está nervoso, vocês brigaram?
— Não.

Se ela está ciente do que aconteceu, vou ser oficialmente eleita a mentirosa do vilarejo.

— Monica, você pode dizer para mim se tem alguma coisa errada entre vocês, ninguém o conhece melhor do que eu.

Afe, mas por que ela não me larga?

— Está bem, eu juro, olhe, estou fazendo "a cruz sobre o coração".
— Monica, querida, uma mãe sente certas coisas por instinto, você não tem filhos, mas vai ver que...
— Vai ver que um dia vou ter filhos e vou entender? É isso que ia dizer? Bem, cara Margareth, não do seu filho, isso é certo, está feliz agora?

Margareth fica ligeiramente abalada, não esperava uma reação dessas, certamente não uma tão agressiva, mas caramba, aqui todos pensam em me usar como saco de pancada e jogar em mim as próprias opiniões, sem levar os meus sentimentos minimamente em consideração.

— Agora, com licença, mas tenho mesmo que ir.

— Não, espere, Monica. — Pega delicadamente o meu braço, com um olhar compreensivo.

— Margareth, escute... não estou com vontade.

— Eu achei que era sobre Rebecca, não sabia que era uma questão tão delicada.

Respiro profundamente.

— O mais grave é que nós brigamos porque eu "ousei profanar a urna" com as fotos de Rebecca, só para ver como ela era, já que todo mundo não faz outra coisa a não ser repetir como ela era maravilhosa. Mas não brigamos porque ele NÃO quer ter filhos e NÃO quer mais se casar, NÃO, isso não é grave na casa de vocês! — Estou furiosa, e logicamente, nunca tendo me visto nesse estado, ela está pensando que estou doida, o que reforça mais a sagrada memória da intocável Rebecca.

— Monica, querida. — Pega as minhas mãos entre as suas. — Edgar sofreu tanto!

— CHEGA! — Cubro as orelhas. — Chega, chega, chega, chega, a senhora só fica repetindo isso, todos repetem isso e todos permitem que ele faça o que quiser, ele está me evitando há dez dias e isso a senhora acha normal?

— Não... não é, mas...

— Mas o quê? Que desculpa tem na cartola desta vez? Qual?

Margareth me olha, perturbada e desorientada.

— E... Edgar é... meu filho.

— E daí? Não quer dizer que tenha que justificar cada comportamento dele.

Ficamos em silêncio por alguns instantes, depois me afasto. Margareth fica me olhando, imóvel.

## 💔 O Amor Não É para Mim 💔

Minhas mãos tremem e meu coração bate forte.

Quando a adrenalina sobe a esse nível, me dá uma fome inacreditável. Passo na padaria para me empanturrar de bolinhos. E cumprimentar a senhora bigoduda, que também me dá biscoitos de presente. Agora ela é minha!

O convite do fã-clube é para as sete; preparo um pequeno discurso clichê e levo comigo porta-celulares de meia cor-de-rosa. Elas vão adorar.

Quando chego, as meninas estão todas elétricas, é maravilhoso ter 16 anos, você não sente frio e se emociona por qualquer coisa.

A sala está toda decorada, tipo um baile de fim de ano, cheia de fitas, pôsteres da Paris Hilton, uma mesa cheia de porcarias para comer, M&M's e pipoca, na tradição da famosa "dieta da herdeira".

As duas garotas que vieram falar comigo (que querem ser chamadas de Cherie e Bijou) correm ao meu encontro. Estão vestidas de cor-de-rosa e azul, usam uma coroinha de strass na cabeça e uma delas segura um chihuahua na mão.

— Monica, muito maneiro que você veio, obrigada.

— Este aqui é Tinker Junior — diz Bijou, mostrando o minúsculo cão para mim. — Ouça, Monica, eu não disse às outras que você não conhece Paris, elas ficariam mal.

— Mas eu não a conheço.

— E daí? Você é uma jornalista, deve estar acostumada a inventar coisas. Conte alguma coisa, não?

As garotas se amontoam ao meu redor e me fazem um monte de perguntas.

— Ok, meninas, fiquem calmas! — intervém Cherie. — Monica gentilmente aceitou o nosso convite e nos contará alguma coisa sobre Paris, depois poderemos fazer perguntas. Podem ir sentar.

As garotas obedecem e se sentam, e eu vou para o meio da sala para dizer algumas palavras.

— Bem, primeiro queria agradecer a honra que vocês me concederam convidando-me para o fã-clube de vocês, Paris ficaria... ahn... Paris me disse para dizer a vocês que está entusiasmada e que gostaria muito de estar aqui para dizer isso pessoalmente...

Cherie e Bijou sorriem para mim e piscam o olho. As meninas explodem em gritinhos e aplausos.

— ... No entanto, está ocupada com a campanha para o lançamento do seu perfume e por isso não pode sair dos Estados Unidos, mas é sua intenção, mais cedo ou mais tarde, vir à Escócia.

Ai, acho que exagerei.

— Ah, é? Quando? — pergunta uma garota.

E lá vamos nós.

— Vai depender dos seus compromissos, vocês sabem que ela tem muito o que fazer; de qualquer maneira, vai me avisar.

— Onde você conheceu Paris?

— Onde eu...? Ahn, em Nova York, em uma boate.

— O Bungalow 8?

— Sim, essa... — Sorrio nervosa.

Mas quanto essas meninas sabem? Por que não estudam ou trocam toques de celular, por exemplo?

Claro, aos 16 anos eu também sabia vida, morte e milagres da Madonna.

— Como ela estava vestida? — pergunta uma.

— O que ela disse a você? — pressiona outra.

— Rick Solomon estava com ela?
— E Nicole Richie?
— Quando *Simple Life 5* vai começar?

Deus do céu, estão me atropelando. Olho desesperada para Bijou.

— Ok, meninas, uma por vez — diz ela, tentando intervir.
— Sim, bem, estava usando um vestido verde Cavalli, bebia Red Bull, estava acompanhada por Lindsay Lohan e parece que a quinta temporada de Simple Life vai sair logo. — Obrigada, internet.

Por alguns instantes as garotas ficam caladas para assimilar as informações, depois voltam ao interrogatório.

— É verdade que ela só come chocolate e hambúrguer?
— Vai lançar outro disco?
— Você tem o perfume dela?
— Quem dirige, ela ou o motorista?

Seria melhor uma viagem de carro pela Europa com Edgar e a mãe dele...

— Bem, ela diz que só come pipoca e chocolate, mas come muito peixe e faz muita ginástica... — Se eu disser que ela só come porcarias fritas, daqui a um ano vão estar todas obesas. — Não vai lançar outros discos por enquanto, já que esse não foi tão bem, mas sei que vai fazer mais filmes. O perfume é muito bom e ela acabou de comprar uma Mercedes-Benz SLR McLaren.

— Maneiro! Você acha que os meus pais também vão comprar uma para mim quando eu for maior de idade?

— Sim, se eles tiverem 453 mil dólares para gastar.
— Quais são as palavras mais estranhas que ela diz?
— Bem... diz "Debbie" para dizer desesperada, "Skir" para dizer fulano, também usa frequentemente como adjetivos

"a bean" e "gilupie", mas ninguém nunca entendeu o que querem dizer.

— Que máximo, vou chamar o meu gato assim.

— Uff, mas você acha que é verdade que todas nós podemos ser como ela se nos sentirmos como herdeiras por dentro?

Socorro, mas como podem dizer tantas asneiras?

— Talvez quando ela diz "herdeira por dentro" queira dizer que mesmo quem não nasce rica não deve pensar que não merece ficar rica ou que tenha menos valor. Se você trabalhar duro e acreditar em si mesma pode fazer qualquer coisa. Vejam a Madonna.

As garotas tomam nota, Bijou se aproxima de mim.

— Bem, Monica, agora é a sua vez. — Abre uma folha enrolada e começa a ler em voz alta: — O Fã-Clube de Paris Hilton de Culross tem o orgulho de eleger Monica como sua Presidente Honorária pelo magnífico serviço realizado junto à nossa comunidade.

Aplaudem emocionadas, Cherie me entrega uma camiseta rosa escrito "*It's hot!*", assinada por todas as garotas.

— Obrigada, meninas, é lindíssima.

— Venha quando quiser, ficaremos felizes de ter você com a gente.

— E cumprimente Paris por nós — diz Cherie, sorrindo.

— Pode deixar!

Volto para casa muito satisfeita por ter deixado essas garotas contentes. São tão simpáticas e vivem em um lugar tão isolado que qualquer contato com o mundo exterior as deixa felizes.

Durante uma hora não pensei naquilo que me espera amanhã.

Ou hoje à noite.

Edgar já chegou e se trancou na sala.

Preparo um sanduíche e depois subo para o quarto a fim de me preparar espiritualmente para amanhã. Enquanto subo as escadas, meu celular toca no bolso do casaco, corro lá para baixo e chego bem a tempo de atender.

— DAAAAVID! Como estou feliz em ouvir a sua voz! Como você está?

— Alô? Será que errei o número? Você está muito simpática, tem algo por trás disso.

— Ah, não, DAVID, estava querendo ligar para você, as suas maravilhosas flores são lindas!

— Sim, as flores. Fiquei me perguntando o que teria chegado para você.

— Um arranjo esplêndido de rosas vermelhas e antúrios.

— Humm, parece um centro de mesa. Deve ter sido a falta de comunicação entre o chinês da Interflora em Nova York e o escocês aí da sua cidade...

— Não, eu juro, é lindíssimo. — Fico dando voltas intencionalmente diante da porta da sala, de maneira que Edgar me escute.

— Quando é o lançamento do livro? Deve ser por agora.

— Amanhã à noite em Edimburgo.

— Uau, parabéns. Está contente?

— Ahn... acho que sim.

— Não diria isso pela sua voz.

— Não, é que ultimamente não tenho estado muito bem.

— Lamento muito, não sabia, você podia ter me dito. Mas Edgar está tomando conta de você, não é?

— Edgar? Sim… está tomando conta de mim, tenho sorte. — Digo isso sem ironia e com profunda tristeza. Espero que ele tenha me ouvido.

— Ele é um cara de sorte, acredite em mim.

Fico em silêncio por um instante.

— Agora tenho que ir, David.

— Boa sorte, amanhã, gostaria de estar lá para ver você.

— Eu também gostaria.

Desligo. Espero por alguns instantes que ele abra a porta, mas eu o escuto falando ao telefone. Vou para o quarto.

De noite sonho que ainda estou em um lugar escuro e que procuro ajuda.

Ouço as vozes de Edgar, David e Ian, que me dizem: "Confie em nós, venha por aqui", e eu continuo dando voltas, desesperada, sem conseguir sair.

E de manhã estou com duas olheiras maravilhosas de início do ciclo menstrual.

Só podia ser sexta-feira 17… Vá explicar aos anglo-saxões que o 17 traz azar!

Edgar me deixou um bilhete na mesa:

Oi, Monica,
estarei em Glasgow o dia inteiro por conta de compromissos importantíssimos.

Pedi a Morag que leve você a Edimburgo. Vai passar por aqui lá pelas 16h, de modo que às 17h30 vocês estarão na Waterstone's.

Você vai ver que tudo vai dar certo hoje à noite, boa sorte.
E.

Pelo menos não preciso ir de ônibus…

Estou mais nervosa do que nunca, não vejo a hora que esteja tudo acabado, tenho medo de ficar constrangida e não saber o que dizer.

Não vejo Ian desde a noite em que o acusei, e não falamos sobre nenhuma das perguntas que ele fará. Vamos torcer pelo melhor.

Me visto de negro como o meu humor, ponho os óculos de falsa intelectual e espero Morag que, pontualíssima, chega às 16h.

Linda e sorridente, veste um tailleur de calças risca de giz azul-escuro de veludo, com jaquetinha cinturada e blusa preta de gola alta, bolsa Hermès e sapatos Prada. Não será ela que está acabando com o orçamento?

Assim que entra faz o gesto de jogar o celular pela janela.

— Não aguento mais, estão me fazendo pirar!

— Lamento que você tenha tido que vir até aqui.

— Não, essa é a coisa mais agradável do dia. Como está se sentindo? Está pronta?

— Preocupada.

— Não fique, escute o que eu digo, nunca acontece nada de diferente em um lançamento, é impossível. Vão perguntar as coisas de sempre: como você fez para ser publicada? É solteira? O romance é autobiográfico? As coisas de sempre...

— Se você está dizendo...

Há um trânsito infernal na cidade, já que é a hora do rush. Observo os trabalhadores entrando nos pubs para beber uma merecida cervejinha com os colegas, e gostaria de estar lá com eles.

Estacionamos o carro e nos dirigimos à livraria. Na vitrine há apenas cópias do meu livro. Que emoção extraordinária!

Morag sorri para mim e me abraça.

— Agora você está se dando conta?

— Sim, estou começando.

Morag abre caminho para mim até o canto onde será realizado o lançamento; há uma mesa com duas cadeiras e dois microfones, duas garrafinhas de água e, em frente, umas 20 cadeiras.

Há só algumas poucas pessoas sentadas esperando e Ian ainda não deu sinal de vida.

Morag liga para o celular dele, mas ele não atende.

— Deve estar estacionando — tranquiliza-me Morag.

O lançamento está marcado para as 18h, o anúncio já foi feito duas vezes. Já são 18h10 e Ian não chegou.

Começo a ficar inquieta.

Agora as cadeiras já estão todas ocupadas, Morag me apresentou a alguns jornalistas e há diversas pessoas com um exemplar do meu livro nas mãos.

Às 18h20 entra Ian, não está com um ar ofegante, parece que a única corrida que ele deu foi da porta até aqui, mas não quero insinuar nada.

— Oi, querida, desculpe o atraso; escute, você tem um exemplar do seu livro à mão? Porque eu não o reli desde que estava nas provas.

Começamos bem.

— Você quer dizer que não o releu?

— Lembro dele em linhas gerais, mas seria bom dar uma refrescada na memória. Vamos, faça um resumo rápido dele para mim.

— Ráp... mas já estamos atrasados, como faço para resumir 200 páginas... — Bufo irritada; então, de costas para a parede, começo a lhe contar a história enquanto vamos sentar.

— Vamos, não se lembra? Caroline, a francesa de meia-idade que, depois da morte do marido, procura seus ex-namorados para convidá-los para ficar na casa dela por um mês e entender se tinha feito a escolha certa ao se casar com seu marido...

— Humm, sim, lembro. E daí? Como termina?

— A questão não é como termina, são todos os aspectos psicológicos que são significativos, as diversas personalidades dos pretendentes idosos, os mal-entendidos, é uma espécie de comédia de erros.

— Tipo?

Estou ficando realmente fula da vida, mas é ele quem tem a faca e o queijo na mão.

— Tipo quando Pascal desafia Thierry para um duelo... mas você lembra alguma coisa ou não?

— Alguma coisa, mas vou improvisar, agora vamos começar porque estamos atrasados.

Estou muito tensa, dá para ver no meu rosto, e não tenho coragem de olhar ninguém nos olhos. Os lugares estão todos ocupados. No fundo da sala, vejo Siobhan e Niall me cumprimentando.

Ian toma a palavra.

— Boa-noite a todos, peço desculpas pelo atraso... agora que o meu advogado chegou podemos começar.

Essa piadinha é acompanhada pelo rolar de bolas de feno empurradas pelo vento, como nos filmes de Sergio Leone.

— Bem, Monica é uma jovem escritora italiana que publicou seu primeiro livro *O suspiro do tempo* com a Lockwood & Cooper. Todos nós sabemos como é difícil conseguir ser publicado nos dias de hoje. Ela, no entanto, que nem é inglesa, conseguiu pôr em debandada uma concorrência feroz, formada por nomes consagrados e importantes. Quero contar a vocês como aconteceu.

"O namorado de Monica e eu somos amigos e sócios há muitos anos. Edgar é encarregado da parte criativa e eu da parte financeira da Lockwood & Cooper. Mas Edgar, sendo o sócio majoritário, é quem tem o dinheiro; portanto, cada vez que aparece um novo projeto, é Edgar quem decide se é o caso ou não de financiá-lo. Em compensação, sou eu que acalmo o seu entusiasmo cada vez que ele decide publicar um novo autor..."

Faz uma pausa para beber um pouco de água, e talvez ganhar uma risada, mas não recebe mais do que uma tossida. Não entendo aonde ele quer chegar, estou impaciente.

— No ano passado, Edgar foi para Nova York, onde conheceu Monica. Eu estava ficando desesperado para achar um patrocinador para um projeto meu, e cada vez que eu lhe pedia para subvencioná-lo, ele dizia que não. Então um dia ele me contou sobre uma amiga de quem gostava muito, e que tinha acabado de escrever alguma coisa que podia ser interessante e tive uma iluminação, PAM!

"Perguntei se ele concederia o financiamento em troca do meu ok para a publicação do livro da sua amiga, e ele aceitou imediatamente. Depois de três dias o manuscrito já estava nas mãos do editor, que, como vocês sabem, é a figura mais importante, mas frequentemente subvalorizada, que colabora na redação."

Senhor, diga que não é verdade.

— De qualquer modo, Monica é uma garota muito simpática e de grande talento. Se vocês ligarem para ela lá pelas duas é improvável que atenda porque está assistindo *EastEnders* ou *Os Simpsons*... de onde tira inspiração para o que escreve.

O constrangimento das pessoas é palpável. Ele está me mostrando como uma protegida que transou com o chefe e depois ainda escreveu um livro. Quem dera eu fosse esperta assim... simplesmente me apaixonei.

Me sinto tão humilhada que tenho vontade de levantar e fugir.

— O livro fala da história de uma senhora francesa de meia-idade cujo marido morre, e para se sentir menos sozinha, convida homens para irem à sua casa.

Cacete! O que é isso, "Dentadura profunda"?

Morag olha para mim atônita e se apressa a levantar a mão para fazer uma pergunta.

— As perguntas serão feitas depois, agora não há tempo.

Finalmente tomo a palavra, Ian dá uma risadinha satisfeita.

— Se não podem fazer perguntas e você já disse tudo o que havia para dizer, o que vamos fazer? Levar o cachorro pra passear?... E além do mais não assisto *EastEnders*.

Escuto algumas risadas na sala, a tensão diminui.

Tomo fôlego.

— É verdade que moro com Edgar Lockwood, mas não acho que o original, que, aliás, fui eu que escrevi, valha uma troca de favores tão mesquinha. Gostaria de acreditar que o meu namorado teria me contado, já que é um homem correto e honesto, diferentemente de outros, e nunca desceria tão baixo.

Aplausos na sala.

— Tive a sorte de encontrá-lo e de me apaixonar por ele e, só depois, soube que era editor, mas se o original não fosse bom ele nunca o teria publicado. Por isso, quero apenas desejar que vocês tenham vontade de lê-lo e o achem delicado, melancólico e irônico como era minha intenção que fosse.

— Sim, ok, já entendemos, você é *bravissima* — diz Ian em italiano, gesticulando.

Meu rosto está vermelho e estou cheia de raiva; me viro na sua direção, apontando o dedo para o nariz dele.

— Não sou *bravissima*, nunca me senti tão humilhada na minha vida, mas, Ian, eu quero te dizer: você é uma pessoa asquerosa, traiu o seu melhor amigo ao roubar a mulher dele e não teve ao menos a coragem de contar para ele durante todos esses anos, fazendo-o viver com a dor da morte dela e com o sentimento de culpa de ter feito algo errado.

Ian fica desorientado, olha em volta procurando apoio ou aprovação, mas só encontra aversão e censura.

Uma voz se ergue do fundo da sala.

— É verdade o que ela disse, Ian?

Não pode ser. Todos se viram.

Edgar se levanta. Tem repugnância estampada no rosto.

— É verdade, Ian?

Ian está vermelho de vergonha, não sabe para onde olhar.

Estou com os olhos cheios de lágrimas, não deveria ter dito isso, mas nunca senti tanto ódio por alguém.

Edgar se aproxima, nunca o vi tão sombrio e magoado. Vem na nossa direção, olhando Ian fixamente nos olhos e o intima:

— Desapareça da minha vida, seu bosta!

Ian nem tenta retrucar, empurra a cadeira e sai correndo da livraria.

Ed olha para mim, estou sentada e olho para as mãos.

Agora é a minha vez. Nunca me senti tão embaraçada na minha vida. Ed pega o microfone e se vira para os presentes.

— Lamento que vocês tenham tido que assistir a um espetáculo tão... miserável e vulgar, não era o lugar nem a situação adequadas, estou mortificado... Monica é, sim, a minha... namorada, mas é, principalmente, uma mulher de grande talento e... não teria tido nenhum problema em conseguir ser publicada por qualquer editor. Eu tive a sorte de tê-la descoberto antes.

Morag faz sim com a cabeça e começa a bater palmas, todos os presentes a seguem e, para quebrar a tensão, as pessoas ficam de pé.

Edgar me abraça e me beija.

Estou com a língua seca.

Uma senhora se aproxima e me diz:

— Senhorita, eu nunca tinha assistido a um lançamento, mas de agora em diante nunca mais vou perder nenhum, é melhor do que a novela. Me dê um autógrafo?

Dou o primeiro autógrafo da minha vida; não sei nem em que página deve ser feito, se tenho que escrever a data e se devo acrescentar alguma coisa. Na dúvida, escrevo só o nome. E sem a Montblanc...

Ficamos conversando na livraria com Morag e os outros. Apresento Niall e Siobhan para Edgar, evitando comentar o acontecido, limitando-nos a algumas olhadas perplexas.

Edgar se comporta como um profissional; apesar de ter levado um golpe enorme, finge que não é nada e demonstra a segurança de um verdadeiro escocês, mantendo sempre o braço em volta da minha cintura.

Volto para casa com ele.

Há muitas coisas para dizer, tantas que não sabemos por onde começar.

O choque foi muito forte. Me sinto mal por ele e não posso imaginar quanta confusão ele tenha no coração e o que pode estar pensando de mim.

Por um lado, gostaria de me desculpar por não ter tido tato e por ter violado a sua privacidade, mas por outro lado a verdade tinha que aparecer e, se eu não tivesse feito isso, ninguém teria feito. Ian merecia ser punido.

Tento quebrar o silêncio.

— Como está se sentindo?

— Não sei, é como se eu estivesse bêbado.

— Imagino... Você deve estar se sentindo transtornado.

Continuamos a viagem sem dizer mais nada; pelo menos não paramos.

Eu imaginava o lançamento do meu livro diferente: sonhava com jornais, fotos, entrevistas, flores e um jantarzinho romântico, não um remake de *Círculo do medo*.

Subimos para o quarto, finalmente o mesmo. Pego a mão dele e olho nos seus olhos.

— Ed, escute... lamento como aconteceu, Ian tinha me prometido que ia falar com você, mas não falou...

Ele olha para mim, triste.

— Ed... se você quiser, vou dormir no outro quarto.

— Não, Monica, por favor, fique perto de mim hoje à noite, não me deixe sozinho.

Eu o abraço e o mantenho bem junto de mim a noite inteira. Enquanto ele chora.

Na manhã seguinte acordo sozinha.

Na cozinha, ao lado do café, o enésimo bilhete.

Vou ao escritório. Tenho que falar com Ian e desmanchar a sociedade. Estou enojado e transtornado.

Preciso de tempo para assimilar essa história, preciso ficar um pouco sozinho, sei que você vai entender.

Não estou zangado com você, Monica, mas é uma coisa que tenho que enfrentar de uma vez por todas, e não é justo que você sofra mais ainda com o meu humor.

Vou estar na casa da minha mãe. Ligue para mim se precisar de qualquer coisa.

Um beijo
Ed


Fito a folha, cheia de sono.

Meu coração bate forte e o estômago está embrulhado.

Será que eu perdi alguma coisa? Ele foi para a casa de Margareth para ficar sozinho? E o que eu tenho a ver com isso?

Eu achava que ele se sentiria aliviado ao descobrir como as coisas tinham realmente acontecido, mas sou eu que saio perdendo mais uma vez.

Experimento ligar para ele.

— Ed... li o seu bilhete. Então você quer ir embora?

— Não vou embora, vou dar um tempo de... mim mesmo.

— E eu?

— Fique aí em casa, estou por perto, mas você sabe, agora eu preciso pensar.

— Como quiser, se acha que vai ficar melhor, vou respeitar o seu desejo.

E o meu verdadeiro pensamento é: "Você é incrivelmente egoísta e obtuso se não consegue entender que não quero que me deixe sozinha para ir ficar com aquela bruxa caquética da sua mãe e se fechar para pensar naquela puta da sua ex-mulher e naquele bunda-mole do seu ex-melhor amigo!" O conceito é eloquente, mas dá bem a ideia do que quero dizer.

Com a coisa nesse pé, só me resta ir trabalhar.

Na redação também estou sozinha, Niall está fora por causa de uma entrevista e Siobhan está em casa com Flehmen, que está doente.

Abro o e-mail de Sandra e meu sangue gela.

Cara Monica,
Acontece muito por aqui que alguém saia para pescar e não volte mais.

Alguns dizem que são as almas inquietas dos mortos, outros acreditam na maldição do Triângulo das Bermudas, nos extraterrestres, nos maremotos repentinos, nos campos magnéticos, quem sabe?

Eu acredito que se você desejar fortemente uma coisa, mais cedo ou mais tarde vai consegui-la.

Julius não vai mais nos incomodar.

Estamos muito bem agora.
Um abraço
Sandra e Jazlynn

Engulo em seco.

Sandra perdeu a cabeça.

Começo a responder-lhe, mas sempre apago a mensagem, não acho que seja uma boa ideia pedir que se explique via e-mail. Por fim apago tudo e desligo o computador.

Mr. Angus se encarrega de me distrair. Se aproxima da minha escrivaninha e tamborila na mesa.

— Monc', escut'.

— Sim, Mr. Angus?

— Tem um mont' de garots do fã-club de Paris Hilt' que gost'riam que voc' foss' fazr est'entrevist'.

— Mas onde, em Los Angeles?

— Não, na Cost' Azul, no Natal ess' gent' famos' s'encontr' par'ir às fests e voc' pod'ria ir entrvstá-ls.

— Às custas de...

— Do jornl, naturalment', tudo pag', a emprs pag'.

— A empresa paga? Uma viagem à Costa Azul para entrevistar Paris Hilton?

— Est'interessad'?

— Bem... sim, na verdade, viajar durante alguns dias me faria bem.

— A mim tamb'm — balbucia Mr. Angus.

— E quando eu partiria?

— Daqu' a dos dias.

— Claro, acho que é uma boa ideia.

— Est' be' — diz Mr. Angus, visivelmente aliviado. — Então vou mandr compr'as passagns.

— Est' be', ahn..., está bem, Mr. Angus, obrigada.

— De nad', de nad'.

Agora que Edgar está dando um tempo para refletir, ao invés de ficar sozinha naquela casa assombrada, vou dar um passeio na Costa Azul e depois, na volta, vou recomeçar do zero.

Fico só pensando em Edgar, em Sandra e, agora, na viagem. Estou agitada e ansiosa.

A noite cai triste e lúgubre e eu a passo diante da lareira, com a tentação de ligar para Edgar a cada minuto, mas não quero violar sua reclusão.

Que merda de situação.

Mas a noite é uma verdadeira tortura. Me sinto sozinha como nunca, sem um ponto de apoio e sem ninguém com quem contar para nenhum tipo de consolo, nem emotivo nem físico.

O homem que amo não quer ficar perto de mim, a minha melhor amiga provavelmente matou o pai da sua filha, os meus colegas, com quem me relaciono o mínimo, têm mais em que pensar.

Só existe uma pessoa que, pelo que diz, pensa em mim.

— David?

— Monica, já ia te ligar, como é que foi?

— Mais ou menos…

— Como "mais ou menos", o que aconteceu?

Começo a soluçar pelo excesso de tensão acumulada.

— É uma história longa e horrenda. A pessoa que fez o lançamento do livro era o melhor amigo de Edgar, e era com ele que sua mulher o traía; eu descobri e o obriguei a lhe contar, mas ele não fez isso e me humilhou durante todo o lançamento, e no fim não aguentei mais e disse a ele, diante de todos, que era um cretino, e não percebi que Edgar estava na sala e foi uma zona…

— Calma, menina, calma. Você fez uma coisa talvez um pouco imprudente, mas correta, eu acho. Você foi obrigada pelos eventos e, além do mais, o cretino era o outro.

— Eu sei, mas Edgar quis dar um tempo para pensar e estou sozinha nesta merda desta casa enorme, escura e fria e tenho medo e não aguento mais que as coisas estejam uma merda!

— Monica, se eu estivesse lá teria quebrado as pernas de alguém, puta merda; eu disse a você que era uma cagada ir para esse lugar, você não podia ter ficado aqui em Nova York ou voltado para Roma, para a sua casa? Você foi para a charneca para se enterrar viva com um homem que mal conhecia! — grita ele.

— David, eu amo Edgar, juro que o amo, mas não sei mais o que fazer! — continuo, enquanto choro.

— Eu sei que você o ama, agora se acalme, vamos pensar nas soluções.

— A redação me ofereceu para ir para a Costa Azul entrevistar Paris Hilton, vou ficar fora por alguns dias.

— Oh, finalmente uma boa notícia, isso já é um início. Saia daí, troque de ares e vá para algum lugar cheio de pessoas, sem ovelhas e cemitérios, não imagina como isso vai fazer bem a você.

— Sim, eu também acho.

— Quando voltar, vai ver as coisas sob outra luz.

— Sim.

— Fique tranquila, Monica, vai dar tudo certo. Você me liga antes de viajar?

— Sim, ligo.

— Tente dormir agora, menina.

— Vou tentar.

Enxugo os olhos e assoo o nariz. Foi bom falar com David, agora me sinto um pouquinho menos solitária.

Também vai ser bom viajar por alguns dias. Este lugar está me destruindo aos poucos.

# NOVE

a manhã seguinte ligo para Edgar para informá-lo da minha viagem.

— Para a Costa Azul? Ah... está bem — responde, surpreso.

— Quer vir comigo?

Faz uma pausa.

— Não é o melhor momento, infelizmente, mas eu gostaria, a Costa Azul é muito bonita.

— É, já me disseram... de qualquer modo, vou ficar fora por poucos dias.

— Levo você ao aeroporto?

— Acho que é o mínimo, Ed.

Agora estou imensamente triste. Sinto que para ele não tenho muita importância.

Um homem apaixonado segue você até o fim do mundo, espera sob a chuva e liga dez vezes ao dia. Um homem apaixonado lhe cobre de cuidados, exibe você com orgulho para o mundo inteiro, quer fazer amor noite e dia.

Ed não me ama.

Não sei onde posso ter errado, talvez tenha sido intrometida, arrogante. Talvez tenha dito ou feito coisas que o tenham ofendido sem perceber.

Ou talvez, simplesmente, eu não esteja à altura. Nem dele, nem de Rebecca.

Ligo de novo para ele.

— Ed, desculpe se fui indelicada, você precisa de tempo e eu aborreço você com a minha insistência.

— Não faz mal. Você não podia saber, não é responsável pelo que aconteceu.

— Mas você não me quer mais por perto.

— Não é que não quero você por perto, mas não quero despejar tristeza e tensão em cima de você.

— Mas as pessoas que estão juntas não deveriam dividir alegrias e tristezas?

— Às vezes não, Monica, às vezes algumas batalhas têm que ser enfrentadas sozinhas.


Vou à redação pegar as passagens.

Siobhan não esconde seus pensamentos.

— Monica, posso tocar em você? Aliás, posso pegar uma mecha dos seus cabelos como amuleto? Você é a pessoa mais cagona que eu conheço. Me dá medo: está com um homem lindo que adora você, mora em uma espécie de castelo, é paga para fazer um trabalho que gosta e, além disso, recebe a oferta de uma superviagem para a Costa Azul para entrevistar a rainha do glamour.

Mas claro, sou uma sortuda mesmo...

— E nem contei que ganhei na loteria!
— Ah, é?
— Não, estou brincando.
— Posso apostar usando a sua data de nascimento?
— Não, não pode.
— Aqui estão as suas passagens. Não são da classe executiva, mas espero que esteja bem assim mesmo.

Faço uma careta de desapontamento.

— Que pena, fazia questão do champanhe...
— Ah, são só cinco horas de voo; parte de Edimburgo e vai a Londres, depois de Londres para Nice. Imagine, quinze graus a mais.
— Quinze graus a mais? Jura?
— Você vai ficar hospedada no Hotel La Promenade, em Cannes, e a entrevista está marcada para as quatro da tarde, no Noga Hilton, onde, obviamente, ela se hospeda.
— Mas Mr. Angus sabe que eu nunca entrevistei ninguém?
— Não, e nem precisa saber, mas eu não tinha dúvida de que, em se tratando de você, jamais começaria com uma pessoa comum.

Finjo rir, o limite entre a ironia e a inveja verdadeira às vezes é tão impalpável que não estou mais tão segura de que ela esteja só brincando.

Em casa, preparo uma mala pequena; pego uma de Edgar, esperando que não seja uma relíquia.

Não recebi mais e-mails nem de Sandra, nem de Mark, e estou preocupada, mas não ouso telefonar nem fazer perguntas que poderiam ser comprometedoras, é muito arriscado.

Talvez eu deva escrever-lhe uma carta.

Passo a noite preparando as perguntas, vou aproveitar as das amigas de Cherie e Bijou e depois, como sempre, vou improvisar.

Na mala eu pus um par de conjuntinhos semiprofissionais, só para não parecer que venho do campo, e alguma coisa para a noite, se por acaso ela tiver a ideia de me convidar para ir ao iate de P. Diddy.

A manhã chega rápido demais para a minha insônia.

Me movo em câmera lenta, tanto por causa do frio que solidificou as minhas juntas, como porque o meu equilíbrio psicológico e físico está indo à puta que pariu, se é que algum dia eu tive um.

Sinto que não vou estar à altura, só para variar.

Errei de profissão, devia ser tatuadora. Todos me olhariam com deferência e temor e ninguém me trataria como uma idiota, por medo das represálias por parte dos meus amigos motociclistas.

Ed me chama para me avisar que está chegando, espero não perder o avião.

O carro entra na estradinha. Eu o observo pela janela enquanto ele desce.

Está despenteado e tem um ar cansado, como se o seu cérebro não lhe desse a mínima trégua nem à noite.

Meu coração fica apertado cada vez que o vejo. Por que você não consegue me amar, Ed? Por quê?

Dou um suspiro profundo, pego a minha mala e desço.

Sorrio para ele do melhor modo que posso, dadas as circunstâncias; ele fica me olhando por um momento.

Espero que ele me diga alguma coisa sobre a mala, mas aparentemente ele não a nota.

— Dormiu bem, gatinha?

Há um tempão que não me chamava assim.

— Não, senti sua falta.

— Eu também sinto a sua falta.

Nos abraçamos longamente, então vou em direção ao carro e ele para a cozinha.

Cumprimentar as garrafas, imagino, mas não quero saber.

A viagem até o aeroporto é tranquila, gostaria de lhe perguntar sobre Ian, mas tenho medo e não sei do quê; tenho a impressão de que não é da minha conta, mesmo que seja, e que Rebecca está presente, e sou apenas uma espectadora. O meu estômago é a costumeira pedra por culpa da ansiedade.

— Há um bom tempo que eu queria perguntar a você, Monica: como vão as coisas com Mr. Angus?

— Bem, por quê?

Socorro.

— Há um tempão que não falo com ele, tentei ligar algumas vezes, mas ele nunca está. Não aconteceu nada, não é?

— Não, claro que não.

Quero ver com que cara ele vai lhe responder, aquele velho estúpido.

Chegamos ao aeroporto com uma antecedência considerável, o suficiente para me lembrar de que tenho um medo alucinante de avião. Edgar se afasta cinco vezes para atender o celular e eu aproveito para praticar uma técnica de relaxamento que aprendi em uma revista.

Nunca poderia ser uma herdeira, seria obrigada a viajar ou de trem ou de navio e perderia todas as festas, ou então deveria partir dois meses antes.

Esperando o voo, folheio um livro cujo título é esclarecedor: *Ele simplesmente não está a fim de você*. Abro-o ao acaso e leio uma frase: "Nem mesmo o presidente dos Estados Unidos é tão ocupado a ponto de não ter tempo de ligar para você..."

Fecho-o bruscamente. Ainda não estou pronta.

Chamam o meu voo. Me despeço de Ed com um beijinho apressado porque, aparentemente, ele não pode desligar. O presidente dos Estados Unidos, hein?

O voo é cheio de turbulências e isso atiça profundamente o meu ódio por todos aqueles que ostentam um ar relaxado do tipo "para mim é como pegar um ônibus". Voar é absolutamente contra a natureza, nunca vou deixar de pensar isso.

Odeio até as crianças que gritam enquanto os pais leem o jornal. Meu filho nunca fará isso.

Mas que filho... Quem estou querendo enganar? Edgar nunca vai parar de pensar em Rebecca e nunca vai reconstruir a vida dele comigo. Não me ama o suficiente.

Eu não queria ficar deprimida; estou indo fazer uma coisa que todos invejam, mas com a mente fixa em Ed.

Nem mesmo o medo da morte em um desastre aéreo pode vencer a minha masturbação mental!

Chegando em Londres me permito um pouco de compras compulsivas no duty free e escrevo um e-mail para David.

Para alegrar o meu estado mental, já profundamente comprometido, recebo um sms do querido Ian.

"Obrigado pelo que você fez. Lembre-se de uma coisa: você é só uma substituta temporária, não chega aos pés nem de Rebecca, nem de nenhuma outra mulher."

Eu ia responder, mas os xingamentos se amontoam na minha cabeça e, tomada por um ataque histérico, deixo o celular cair no chão e ele se desintegra.

Começo a chorar de raiva e me inclino para recolher os pedaços, soluçando, agachada no chão.

Ian tem razão, não vou conseguir, não estou à altura, e essa situação está me envenenando.

Um menino com cerca de 5 anos se aproxima e se agacha ao meu lado.

Ergo a cabeça, olho para ele e tento sorrir entre as lágrimas. Ele é lindo, com cachos castanhos e grandes olhos azuis, as bochechas gorduchas e duas esplêndidas orelhas de abano.

Acaricio a sua cabeça.

— Por que você está chorando? Fez dodói? — diz, devolvendo a bateria do telefone para mim.

Faço que sim com a cabeça.

— Onde?

— Aqui — digo, apontando para o coraçãozinho dele.

Uma mamãe ofegante vem pegar o pequeno, que sorri para mim e se despede com a mãozinha.

Olho para eles enquanto se afastam. A mãe deve ter mais ou menos a minha idade e o pai parece com Edgar aos 30 anos. Parecem muito felizes enquanto correm para pegar o avião, os três de mãos dadas.

Termino de recolher os últimos fragmentos do telefone e vou comprar um celular novo.

Decido manter a mensagem de Ian, que algum dia me será útil

No dia em que me pararem para fazer uma pesquisa e eu tiver que dizer o nome da terceira pessoa mais malvada do mundo depois de Hitler e Stalin.

Chego em Cannes no início da tarde e fico encantada pela beleza e pela riqueza do lugar.

A sensação é que aqui a vida é muito fácil, pelo menos para os ricos. Mar, sol, gente bonita, poucos impostos e muitos iates. E faz muito calor.

Toda a Croisette está enfeitada com decorações de Natal, os alto-falantes das ruas tocam canções natalinas e garotas de patins, vestidas de Papai Noel, fazem propaganda dos restaurantes.

O táxi me deixa diante do meu hotel, que tem um ar definitivamente muito pouco luxuoso.

De fato, a janela do quarto dá para a parte de trás da cozinha de um restaurante chinês, ao lado de um pub com música já muito alta para a tarde.

O carpete é indecoroso, cheio de manchas suspeitas e queimaduras de cigarro. Não há cortinas nem televisão, e o chuveiro não foi limpo desde a última guerra.

É um quarto nojento. Essa é, certamente, a vingança daquele muquirana do Mr. Angus. Este lugar não deve custar mais do que 30 euros por dia.

Eu esperava tomar um banho e descansar uma meia hora, mas tenho medo de pegar piolhos.

Tiro a coberta verde da cama para inspecionar os lençóis, e depois a deixo no chão para limitar o contato com os ácaros do carpete.

Sento na cama e troco de roupa sem apoiar os pés no chão, enfio a calça e vou até o banheiro para dar uma lavada nas axilas e me encher de perfume.

Uma maquiagem rápida e corro para fora para respirar ar puro, que não tenha cheiro de mofo e fumo.

O Noga Hilton fica a poucos passos. Enquanto me aproximo, sinto o medo crescer. Não sei nem como me apresentar;

não gostaria que Mr. Angus me pregasse outra peça, mesmo achando que ele não seja tão estúpido.

Quis me penalizar pelo que aconteceu, mas faz questão da entrevista, e como. Fico me perguntando como ele fez para consegui-la.

Hoje à noite há uma megafesta no Jimmy'z Club de Montecarlo com o melhor do jet set, e ela não pode faltar.

O hotel é enorme, um pouco anos setenta para o meu gosto, mas é incrivelmente luxuoso.

Na entrada só há Lamborghinis, Ferraris e Rolls-Royce estacionados, só para desencorajar qualquer um que chegue com algo que custe menos de 300 mil euros, e o porteiro de libré imediatamente bloqueia a minha entrada.

Como será que se diz em francês: "Deixei em casa o cinto recheado de TNT"?

Entro pela porta giratória e observo, admirada, o enorme hall. A sala é muito iluminada, cheia de pequenos sofás de pele vermelha (no sentido dos índios da América do Norte) espalhados.

Na recepção, dou o meu nome, o jovem me observa dos pés à cabeça e telefona para alguém dizendo que cheguei... Devo admitir que gosto de "Madame Monicà", apesar de lembrar um bordel parisiense do final do século XIX.

Me fazem esperar uns vinte minutos, até que vejo descer dois enormes caras negros, que imagino serem os seguranças, seguidos de uma espécie de cortejo formado pela assessoria de imprensa, vários subordinados, maquiadoras e outros rostos vistos nos jornais, todos, indefectivelmente, falando ao celular.

No meio deles, miúda, mas muito desinibida, desponta Paris Hilton vestida de Chanel preto e branco, muito ao estilo da princesa Grace.

Parece a Barbie.

Não se digna a me olhar e passa por mim falando ao celular. Isso me obriga a me exibir em uma espécie de "passo do jaguar" para entrar no seu campo de visão antes que ela se vá.

Um imenso segurança barra o caminho com um cotovelo do tamanho da minha cabeça. Eu lhe digo que tenho que entrevistar a senhorita Hilton, mas ele também me ignora.

Agora as coisas ficam consideravelmente complicadas. Esperava ser recebida por uma assistente que me faria entrar no hall da suíte, me oferecendo água Evian, mas ela faz tudo sozinha. Provavelmente Mr. Angus teve uma indicação de que ela estaria aqui e, para o resto, tenho que me virar sozinha.

Respiro profundamente e exibo o meu sorriso mais cativante e amigável, sem parecer uma repórter que ataca à procura de escândalos. Mas se também tiver alguns, melhor.

O problema é que ela está se dirigindo para a saída a passos rápidos, e preciso atrair a sua atenção antes que seja tarde demais.

Finalmente desliga o telefone, tenho uma fração de segundo para me enfiar entre ela e a porta giratória sem quebrar um joelho e dizer-lhe alguma coisa que possa deixá-la curiosa.

Como alternativa extrema, posso desmaiar.

— Paris, desculpe incomodar, me chamo Monica, venho de um pequeno vilarejo da Escócia para fazer uma rapidíssima entrevista com você. É uma cidadezinha inteira que é louca por você, dezenas de garotas que desafiam o frio para se vestir como você, são muito simpáticas, você as adoraria, cheguei há uma hora, não pude nem tomar um banho porque estou em um hotel de merda, já que chantageei o meu chefe, o homem que amo voltou a viver com a mãe dele depois que eu descobri que o seu melhor amigo trepava com a esposa morta dele, a minha melhor amiga deve ter se metido em uma encrenca enorme, mas está nas Bahamas e não posso vê-la e, enfim... Em geral a vida não anda muito bem, peço só cinco minutos do seu preciosíssimo tempo e depois desapareço para sempre da sua vida.

Paris olha para mim inclinando a cabeça de lado, sem se perturbar, depois me pergunta:

— Trepava com a esposa morta?

— Não... quando era viva, trepava com ela viva.

Me analisa. Está decidindo se vai mandar Tinkerbell me devorar, mas por sorte ele está cheirando a minha mão. Dizem que é o cachorro quem escolhe os namorados dela.

— Ok, estamos de saída, pode vir na limo com a gente.

Na limusine com Paris Hilton? Ai, meu Deus, agora vou desmaiar de verdade.

Entramos em uma limusine quilométrica onde nos acomodamos em uma verdadeira sala de pele negra (no sentido dos escravos da América).

Penso no abismo que há entre as nossas vidas e em como deve ser viver como uma bilionária, e me sinto constrangida.

— Ok — digo, pegando um caderninho e uma caneta que, espero, funcione. — Quer falar de algo em especial?

— Normalmente ninguém me pergunta isso.

— Eu sei, fazem sempre as mesmas perguntas. Tenho uma coluna sobre você e leio sempre sobre as festas, namorados, compras e vídeos, então fiquei imaginando se você gostaria de falar sobre outra coisa qualquer.

Hesita por um instante. Talvez a pergunta seja muito ampla e já estou pensando em mudar de ideia e lhe perguntar qual é a sua marca de biscoitos preferida, mas ela me passa a frente.

— O que eu gostaria de ter feito.

— Como assim?

— Ninguém nunca me pergunta o que eu gostaria de ter feito se fosse uma pessoa normal; quero dizer, como você.

— Ah, claro, como eu. E o que você gostaria de ter feito?

— Gostaria de ter sido dentista.

— Dentista?

— Sim, quando era pequena, brincava disso com minha irmã. Fingia arrancar os dentes dela, e então ela chorava.

— E por que você não foi dentista?

— Tá brincando? Pôr as mãos na boca das pessoas? Minha mãe nunca teria deixado, mas eu gostaria.

— Mas sempre dá para começar.

— Não é a mesma coisa. Veja, eu, se quero alguma coisa, compro. Posso produzir discos, filmes, criar linhas de roupas, cadeias de hotéis, pensei até em uma empresa aérea Paris Hilton, aviões cor-de-rosa superestilosos. O fato é que fico entediada logo, não sou como você, que tem que lutar para poder comer.

— Ah, sim, lá fora é uma selva...

— Às vezes gostaria de ser pobre como vocês, para poder entender o que se sente quando se precisa de alguma coisa; eu nunca preciso de nada.

Estou quase lhe propondo uma troca.

— Do que você mais sente falta? Algo que você não pode comprar.

Faz uma cara confusa.

— Não há nada que não se possa comprar...

De fato, ela não está completamente errada.

— ...O passado, não posso comprar o passado, mesmo sendo bilionária não posso voltar atrás para corrigir os meus erros.

Caramba! Essa pérola é digna de uma estudante de filosofia.

— Mas erros todos cometemos, são a parte mais bonita de nós, nos tornam humanos e também simpáticos.

— Ninguém me acha simpática.

— Como não? E Nicole Richie? Não é a sua melhor amiga?

— Não, é uma vaca, sempre foi uma vaca manipuladora, mas os produtores de *Simple Life* nos obrigam a dizer que somos melhores amigas, para depois inventar que brigamos, assim o programa tem um pico de audiência; mas, na verdade, sempre nos odiamos. Além do mais, depois do que ela me fez...

Vejo que está inquieta. Até o chihuahua percebe e, tremendo, se aconchega no meu colo.

— Você quer dizer que, quando está de bem com ela, está fingindo?

— Exatamente, e é nojento. É como beijar um ator que você não gosta.

— Imagino... Mas o que ela fez a você?

— Adivinha quem pôs o vídeo na internet?

— O vídeo com você e Rick Solomon?

— Claro que não, esse não, esse era só sexo; o vídeo do meu aniversário de 11 anos em que eu usava aparelho!

— Mas, Paris, um monte de crianças usa aparelho, não é nada demais!

— Eu não queria e todos me zoavam, começando por Nicole; por isso eu queria ser dentista: inventaria aparelhos bonitos, talvez cor-de-rosa, mas naquela época não os faziam. — Está ficando emocionada, parece que voltou a ser a menina de 11 anos com aparelho, que é zoada por todo mundo.

— Paris, talvez não faça diferença, mas acho você simpática.

— Está dizendo isso porque tem que dizer? — Caem lágrimas do seu rosto.

— Não, por que deveria? E você tem dentes lindos!

A limusine para diante de uma loja, onde esperam Paris para uma inauguração.

Saímos do carro, Paris seca as lágrimas e os paparazzi se agitam para fotografá-la, chamando-a de todos os lados.

Ela volta a ser a Barbie de antes, sorri para os fotógrafos, incrivelmente profissional. A menina de aparelho desapareceu.

— Diga ao motorista onde quer que ele leve você.

— Paris, posso pedir um pequeno favor? — grito para ela em meio à multidão contida à força pelos dois seguranças.

— Pode falar.

— Poderia mandar umas fotos para as garotas do fã-clube?

— Claro, deixe o endereço na recepção.

— *That's hot* — digo.

Ela pisca o olho para mim e desaparece, sugada pela multidão.

Fico um instante em pé ao lado da porta do carro, aturdida pelos acontecimentos. Imediatamente um cara se aproxima.

— Com licença, você é amiga de Paris Hilton?

— Eu? Não, sou jornalista... italiana.

— Italiana? Eu também sou jornalista e italiano. Para quem você escreve?

— Para um jornal escocês.

Ele me olha perplexo.

— É uma longa história...

— Escute, você é a primeira que faz Paris Hilton chorar, posso saber do que falaram?

— Não, é segredo profissional.

— Certo, vou deixar o meu cartão com você, me ligue quando voltar à Itália, precisamos de gente boa na redação da *Vanity Fair*.

— *Van...*

Embasbacada, com o cartão de visita na mão, me sento na limusine e digo ao motorista para me levar de volta ao meu ninho de ratos.

Que dia memorável!

É isso o que me intriga na vida; mesmo quando tudo dá errado, pode acontecer alguma coisa que revoluciona todos os seus planos suicidas e a vida segue.

Diante do hotel, os curiosos tentam ver quem é a celebridade que está saindo do carro e alguém tira uma foto minha com o celular. Os meus 15 minutos de fama.

Agora posso voltar ao meu habitual anonimato; que pena, já estava me acostumando com a limusine.

Entrar no Hotel La Promenade é aterrorizante: a senhora na recepção (se quisermos chamar assim aquele buraco) tem uma cabeça pontuda e cabelos oxigenados e amarelos, com uma raiz branca de três centímetros, está maquiada com sombra azul-turquesa e tem um hálito com cheiro de morte.

Passo sem olhar para ela, mas ela me chama para dizer que tem uma mensagem para mim.

Sorrio, segurando a respiração, e faço que sim com a cabeça a cada pergunta, que, de qualquer modo, não entendo.

Tento pedir-lhe um secador de cabelos, mas a frase "Avez vous un phon" a deixa hesitante.

Sou obrigada a fazer mímica e ela faz uma mímica indicando que vai levá-lo ao meu quarto.

A mensagem é de David; diz que não atendo o celular e que devo ligar de volta para ele com a máxima urgência.

É claro que não atendo o celular, eu o desintegrei e o novo está carregando; por sorte tinham um adaptador.

Entro no quarto, tomando cuidado para não tocar em nada. Espero que os ratos não tenham roído a mala de Ed.

— Alô? David?

— Ah, finalmente, estava pensando que tinham desviado o avião. Como é que foi?

— Foi excelente, David, estou muito contente, ela é simpática, me levou na limusine, foi uma loucura!

— Na limusine com Paris Hilton? Mas então você vai aparecer nos jornais! Sabia que conseguiria, você é fantástica!

— Tá, vai me fazer ficar vermelha!

— Escute, o que você vai fazer hoje à noite?

— Ah, não sei, um passeio por Cannes, um pouco de compras. Aqui parece primavera, me sinto bem.

Batem à porta. O meu secador deve ter chegado.

Abro a porta e vejo David em carne e osso segurando o secador.

De camiseta azul-marinho Tom Ford, jeans Calvin Klein, sapatos Gucci, celular BlackBerry e óculos Persol. Parece que saiu da *Vogue*.

A minha surpresa é tanta que olho para ele e continuo falando pelo celular.

— Você não é de verdade, né?

— O que você acha?

— DAVID, NÃO POSSO ACREDITAR!!!!!! — grito e pulo no pescoço dele. — Você é louco, louco, louco, louco!

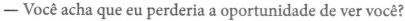

— Você acha que eu perderia a oportunidade de ver você?
— Quando você chegou?
— De madrugada. Parti assim que você me disse que vinha para cá.
— É maravilhoso demais para ser verdade.
— Sou maravilhoso demais para ser verdade?
— Não, você é rico demais para ser verdade. — Saio dos seus braços com um pouco de remorso.
— Vejo que é um quarto minimalista.
— O jornal não podia me oferecer mais.
— É um jornal de jesuítas?
— Foi mais uma vingança atravessada.
— Ok, estou ficando deprimido de ficar aqui. Vou ajudar você a fazer as malas.
— Mas vou embora depois de amanhã.
— Venha ficar comigo. Tenho uma suíte no Carlton com três camas de casal.
— Não, David, não acho que seja uma boa ideia.
— É uma ótima ideia! Monica, sei no que você está pensando: agora ele me leva para o hotel, me faz beber e depois se aproveita de mim. Confesso que gostaria, mas ainda não cheguei ao ponto de precisar deixar uma mulher tonta para seduzi-la. Quero tirar você deste lugar nojento, mas se não quiser...
— Sim, quero. — Ponho as mãos juntas. — Me leve daqui, por favor!

Em um segundo guardo as minhas coisas e saímos para a rua. Não posso acreditar que estou caminhando ao lado de David, é como ter voltado no tempo, mas com uma nova consciência.

Não sou mais uma garota insegura, que não faz outra coisa a não ser escrever-lhe mensagens desesperadas; sou uma mulher que escolheu morar com um homem muito mais velho do que ela, que faz bem o seu trabalho e que não tem medo de enfrentar as dificuldades.

Toma essa!

É impossível descrever o Carlton para uma pobre moça do interior.

Só a entrada já é um espetáculo: enormes colunas brancas com um relógio no topo e uma dezena de bandeiras, o top do top, o máximo da pompa. O andar térreo é do tamanho de Culross!

Esse luxo exagerado me transtorna, não estou acostumada, preciso de 7 malas Louis Vuitton para o carregador levar.

Parece um enorme set cinematográfico, salões imensos, ouro e mármore em estilo imperial, as cortinas lembram as de um teatro. Deve haver uns 400 quartos, 5 restaurantes, a praia, a academia, aposto que tem até um cemitério.

A suíte de David é a "Alain Delon", mas também tem a "Clint Eastwood", a "Elton John" e a "Sophia Loren". Ele diz que a Delon é insuperável.

Pelo módico preço de 2500 euros o pernoite, entramos em um apartamento de 200 metros quadrados com vista para o mar, inspirado no interior de um iate, com o chão de parquê cor de mel, duas salas, um banheiro inteiramente decorado em mosaico, camas com lençóis e cobertas de seda vinho, sofás, tapetes e mobília de um luxo inimaginável.

Estou muda há pelo menos meia hora.

— Posso levar você de volta para o Hotel La Promenade, se quiser.

— Quero morrer aqui. — E me deito no chão, com a cara para baixo. David ri e se senta ao meu lado.

— Não se deixe fascinar, continua sendo só um quarto.
— Você não sabe o que está dizendo, este é o quarto de São Pedro no paraíso.
— Está com fome?
— Sempre!
— Vou levar você para jantar.

Depois de uma rápida ducha em um box do tamanho de um closet, com uma luz azul que vaporiza água da floresta amazônica, estou pronta para jantar em um restaurantezinho da moda chamado "La Farfalla", onde a garçonete mais feia parece a Gisele Bündchen.

Pedimos steak tartare com batatas fritas, bebericando Sauterne.

— Depois vou te levar a um lugar.
— Nada de festas de bilionários excêntricos, por favor.
— Nada de festas, vai ser uma surpresa.
— Mais uma? É o seu avião particular, não é?
— Não, é só um Golf alugado, mas você vai gostar do lugar.

Entramos no carro e vamos subindo estrada acima, até o ponto mais alto do golfo: o farol de Garoupe.

Me lembro que não estou com o celular, será que o tirei da tomada?

Normalmente eu o verifico a cada 41, 42 segundos, talvez eu precise mesmo me desconectar.

Sentamos em um banco para contemplar as mil luzes brilhantes da costa.

David, que sabe das coisas, tira do porta-malas uma coberta e uma garrafa de Krug.

Mas que puxa-saco!

— Você jurou que não tentaria me seduzir.

— Fui inapropriado?
— Ainda não.
Ele me enrola na coberta e apoio a cabeça no seu ombro. Bebemos champanhe quente nos copos de papel.
— Fiz bem em vir vê-la ou se arrependeu de ter saído comigo?
— Fez muito bem, não teria imaginado uma noite mais perfeita.
— Sim, se no meu lugar estivesse Edgar.
Meu coração estremece ao ouvir o seu nome.
— Ele não pôde vir.
— Trabalho?
— Um monte.
— Quer falar sobre isso?
— Não, se eu falar sobre isso vou ficar melancólica.
— Então a gente não fala, hoje você está de férias.
A luz do farol se reflete nos seus olhos escuros.
— Tenho uma coisa para você. — Sorri, enchendo o meu copo.
— O quê?
— Abra. — Estende uma caixinha vermelha.
— Mas...
Abro a refinada caixinha que contém um par de brincos dignos de Caroline de Mônaco: safiras circundadas por brilhantes. Verdadeiros.
— Não posso aceitar — respondo, seca, devolvendo-lhe a caixinha.
— É só um presente.
— Não é adequado, não tem sentido, é um presente para uma namorada.

— É um presente para uma pessoa importante e... especial.

— Não sou mais a sua pessoa especial, David, não vamos complicar as coisas.

— Escute, esse é o meu modo para reparar os erros. Eu magoei você no passado e quero me desculpar. Não sou bom para escrever, mas sei escolher coisas bonitas. Por favor. — Tem um ar pesaroso.

— Você já me deu a correntinha e as flores e veio até aqui; dá e sobra.

— Queria que você ficasse com eles para se lembrar do dia de hoje, quem sabe quando nos veremos de novo.

Olho para os brincos, suspirando.

— Experimente, vamos!

Experimento os brincos.

— Eu sabia, estão ótimos em você.

— Vou usá-los só hoje à noite.

— Está bem, vamos dar um pulo no cassino. Já esteve em um?

— Nunca.

— Você vai gostar disso também.

Parecemos duas pessoas que foram diagnosticadas com só mais três horas de vida!

Entramos no cassino, *kitch* como todos os cassinos de respeito. Estátuas egípcias e um aquário que ocupa uma parede inteira.

— Vamos jogar 100 euros, nem um a mais, tenho medo de gostar e de não conseguir mais ficar sem jogar.

— Sábia decisão.

Ficamos hipnotizados na máquina caça-níqueis e fazemos amizade com uma senhora que fuma um cigarro atrás do outro. Ela diz que está aqui desde as dez da manhã. É assim que eu poderia acabar.

Bebemos mais champanhe e rimos como dois bobalhões; continuamos ganhando e perdendo. Dizem que, mesmo quando você ganha, nunca consegue recuperar o dinheiro que perdeu, mas o importante é se divertir.

Lá pelas três voltamos ao hotel, não via a hora, quero tomar banho de banheira.

A suíte parece maior do que antes e desafio David a me pegar.

Corremos por todas as salas pulando sobre as camas e sofás, até que ele me pega e caímos no chão, rindo.

Não me divertia assim desde a escola.

David, de repente, fica sério, afasta meus cabelos da testa e acaricia meu rosto.

— Monica... sou louco por você!

Sem pensar, eu o beijo.

Mais do que beijá-lo, eu o engulo.

Rolamos sobre o parquê tirando as roupas do corpo. Nunca desejei tanto um homem.

O seu perfume me sobe à cabeça, não penso em mais nada, o mundo lá fora não existe, existe só ele, eu e esta noite.

Não fazíamos amor há um ano. Fazemos amor a noite toda, de um jeito furioso, louco e apaixonado até adormecermos às primeiras luzes da aurora.

\* \* \*

## O Amor Não É para Mim

A luz do sol me acorda.

Levo alguns minutos para entender em que cama estou e o que fiz, e o sentimento de culpa me assalta.

David está no banheiro e eu estou com uma dor de cabeça brutal, meu estômago queima e minha boca está amarga.

Se pelo menos eu tivesse ficado bêbada a ponto de não me lembrar de mais nada... Ao invés disso, além do dano... o engano.

Sento na cama e apoio a minha pobre cabeça sobre os gigantes travesseiros de pluma. Não posso me mexer ou corro o risco de vomitar; chegar até o celular está fora de discussão.

Sobre a mesinha de cabeceira há uma xícara de café já frio, eu o bebo para melhorar a sensação de enjoo.

Quinze minutos depois, minha bexiga reclama e, penosamente, me levanto, indo até a porta do banheiro bater para David ouvir. Bato algumas vezes e o chamo, depois decido entrar, mas me dou conta de que a porta está aberta e ele não está no banheiro. Talvez tenha descido até a academia.

Me arrasto de novo até a cama e espero...

O quarto tem algo estranho, como se faltasse alguma coisa.

Levanto bruscamente.

Começo a escancarar os armário e as gavetas, vou em todas as salas. Suas coisas não estão mais aqui.

Ele foi embora.

Ligo para a recepção, onde me confirmam que o senhor David Miller foi embora há mais de duas horas, mas que o meu quarto está pago até amanhã ao meio-dia.

Grandíssimo filho da puta.

Sobre a escrivaninha deixou a caixa com os brincos para mim.

Tinha razão. Não só embriaga as mulheres como também as paga.

Claro que não, a quem estou tentando enganar? Certamente ele não me obrigou: eu estava bêbada, mas consciente.

Caio no choro.

Me sinto mal, sozinha e suja.

Ligo o celular.

Há várias ligações de Edgar e duas mensagens.

"Onde você está, aconteceu alguma coisa? Você desapareceu há 24 horas, me ligue."

"Gatinha, não sei se você está de birra comigo, estou em casa esperando você me ligar."

São de ontem à noite; não tenho coragem de ligar para ele, e mesmo assim tenho que fazer isso, e ainda preciso inventar desculpas. Tenho nojo de mim.

— Alô? Ed?

— E aí? O que aconteceu? — responde, irritado.

— Quebrei o celular no aeroporto.

— E você não podia ligar de outro telefone?

— Não, estava carregando, depois... fiquei ocupada com a entrevista.

— E o que você fez toda a noite?

Só faltava esse interrogatório, talvez ele saiba de alguma coisa; quem sabe David lhe contou.

— Eu saí.

— No hotel disseram que você foi embora lá pelas seis e que não estava sozinha.

— Não, estava com um jornalista italiano que me propôs uma colaboração.

— E ele também pagou o hotel para você?

— Não, eu mesma paguei. Era um ninho de ratos, fui para outro um pouco mais limpo.
— Está me dizendo a verdade?
— Por que eu deveria mentir?
— Não sei, você parece estranha.
— Devo ter pegado uma gripe por causa da diferença entre o frio e o calor, e mais o estresse do avião e da entrevista... fui cedo para a cama e acabei de acordar.
— Ah... entendo, pobre gatinha, você volta amanhã, né? Vou pegar você.
— Sim, não vejo a hora de voltar para casa.
— Amo você.
— Eu também.

Passo o dia inteiro na cama olhando para o teto.

Na manhã do dia seguinte, ao sair, cruzo com a camareira.

— Pegue, é para a senhora — digo, deixando escorregar a caixa dos brincos dentro do bolso do uniforme dela.

# DEZ

O crime perfeito não existe.

A consciência vai lembrar a você o que fez durante toda a vida. Se você tiver uma consciência.

Virei uma celebridade em Culross.

O artigo sobre Paris Hilton foi um sucesso, *O suspiro do tempo* está vendendo muito bem, tanto que gostariam de fazer um filme, e Mr. Angus está pensando em me mandar entrevistar Kate Moss e Pete Doherty entre uma desintoxicação e outra.

Mas, apesar disso... não paro um minuto de me sentir uma merda.

Edgar voltou para casa e, desde que desmanchou a sociedade com Ian, começou a trabalhar mais do que antes; assim, vejo-o só à noite, e está quase sempre no celular.

Parece que a separação o ajudou a ficar ainda mais fechado.

Não falamos mais sobre o que aconteceu, nem sobre Rebecca, nem sobre Ian e ele continua com os seus rituais sagrados.

Apareceu até mais um: antes de beber, gira o copo três vezes para a direita.

Mas a novidade que diz respeito ao nosso esplêndido e invejável relacionamento é que não fazemos mais sexo. A última vez foi há mais de um mês. Eu estou a ponto de pagá-lo.

É o único atenuante que permite que eu me justifique com o meu "superego tirânico" quando isso me atormenta em relação à minha traição com David: era só para tirar as teias de aranha...

Mas tem uma parte de mim que sabe muito bem que havia um pouco de sentimentos envolvidos, que foram pontualmente e, mais uma vez, massacrados.

Não falei mais com David e não liguei para ele, mas muitas vezes a tentação é forte.

Não consigo compreender de onde vem o insano frenesi de desejar quem foge e de fugir de quem nos persegue, deve ser uma herança pré-histórica relacionada aos dinossauros.

Tenho que ver de novo *A era do gelo*.

Saio para ir à redação e na estradinha vejo duas figuras cor-de-rosa correrem ao meu encontro.

São Cherie e Bijou, que gritam no portão, abanando alguma coisa com a mão.

— Monica, é maneiro demais: olhe! — diz-me Cherie arquejando e com as bochechas vermelhas de frio, estendendo um cartão-postal para mim.

— É uma mensagem de Paris — repete Bijou —, leia!

Leio:

Hi, sexy! Estou orgulhosa de vocês, estão no caminho certo para se tornarem verdadeiras herdeiras. Lembrem-se de que devem se comportar como se já o fossem: tentem não ter um chefe e, se tiverem que ter um, deixem que seja o seu agente a lidar com ele. Não esqueçam que as bebidas diet são para quem não tem caráter, mas não bebam champanhe porque todos esperam que façam isso.

Não sejam superficiais, mas pareçam ser, e percam coisas com frequência: os outros vão achá-las adoráveis.

Se não funcionar... banquem as entediadas!

Mandei para vocês o meu novo perfume e as novas bolsas da minha irmã Nicky. Tenho certeza de que vocês vão ficar loucas por elas.

É muito maneiro, né?

Da sua amiga, Paris

— É tudo mérito seu, Monica — dizem, me abraçando.
— Claro que não, o mérito é de vocês, que me mandaram para lá.

Na verdade estou pensando: "É só CULPA de vocês, suas peruas! Se não fosse por causa da insistência de vocês nunca teriam me mandado para a maldita Costa Azul e agora eu não seria uma traíra!"

Mas eu sorrio como uma verdadeira profissional, com os dentes cerrados, enquanto elas me beijam nas bochechas.

Se elas me beijassem nos lábios eu seria presa por agredir menores a golpes de cartão-postal perfumado!

No escritório, sento na escrivaninha e tento escrever um artigo sobre a nova moda dos astros de comprar crianças do terceiro mundo.

Estou desconfiando muito de que esta é a minha última alternativa.

A minha concentração hoje está mais baixa do que o normal, é melhor desistir e escrever um e-mail para Sandra.

Cara Sandra,
não vou fazer mais perguntas sobre você-sabe-quem, como você pediu, mas, como ainda é a minha melhor amiga, preciso contar um segredo que está me comendo viva e preciso do seu conselho.

Você se lembra de David, não é? E como poderia esquecê-lo, incomodei você com isso durante um ano!

Desde que vim para cá mantivemos contato, ele me ligava bastante, nos escrevemos, ele até me deu um presente de aniversário; enfim, ficou perto de mim em momentos muito críticos, já que aqui estou quase sempre sozinha, e com Edgar o relacionamento é bem difícil.

Você sabe que amo Edgar mais do que qualquer coisa no mundo e que nunca faria nada para magoá-lo, mas, mesmo não querendo, fiz uma coisa.

A pior coisa que eu podia fazer: fui à Costa Azul por causa de uma entrevista, David foi até lá para me fazer uma surpresa e eu fui para a cama com ele.

Quando acordei na manhã seguinte, ele já tinha ido embora.

Não, pare, não diga nada, eu já sei que sou uma imbecil e ele um babaca, por favor, não me julgue porque a consciência me atormenta há mais de um mês, só quero saber o que você faria no meu lugar.

Você contaria para ele? Não sei o que fazer. Eu gostaria de saber se Edgar tivesse me traído, mas e se ele me deixar? Não vou poder suportar.

Responda logo, por favor. Um abraço para todos vocês.
M

Não posso esperar.

Preciso do conselho de mais alguém, preciso correr esse risco.

— Siobhan... você já traiu o homem que amava?

— Aconteceu uma vez — responde, continuando a escrever.

— E o que você fez?

— Nada.

— Não contou para ele?

— Tá doida? Sempre negue.

— Mas você não se sentia culpada?

— Aprendi a conviver com isso.

Ela ergue a cabeça e me fita nos olhos. Me sinto nua e olho para outro lugar.

— Monica, você fez alguma coisa?

Negue sempre...

— Você está estranha desde que voltou de Cannes. Aconteceu alguma coisa com alguém?

— Não, por quê?

Siobhan se transforma em uma seguidora do tribunal da inquisição, se levanta, vem até a minha escrivaninha, apoia as mãos na borda e me olha fixamente.

— O que você fez quando estava em Cannes?

— Nada, não fiz nada.

— Não me convenceu.

— O que faz você pensar que eu tenha ido para a cama com alguém?

— Nunca falei de cama — responde, maliciosa, levantando uma sobrancelha —, você confessou sozinha.

Fico vermelha de vergonha.

— E essa é a confirmação... — Toca a minha face com um dedo. — Ai, você está queimando! — Senta sobre a escrivaninha. — Diga, quem é? *Tell me more... Tell me more.*. — cantarola.

— Não tenho vontade de cantar *Grease*. — Apoio a testa na mesa, abatida.

— Vamos, quem era... um ator?

Faço que não com a cabeça.

— Um cantor?

Não.

— Ai, meu Deus, vai me dizer que foi com Paris Hilton?

Levanto a cabeça.

— Eu preferiria!

— Então quem?

— O meu ex, com quem eu estava antes de Edgar. Eu o conheci em Nova York.

— Humm, história picante, conte os detalhes.

— Que detalhes você quer? É o cara mais bonito que eu já conheci, é uma espécie de modelo, tem um corpo de enlouquecer, de perder a cabeça... ele me fez uma surpresa, foi me encontrar em Cannes, me seduziu e depois me abandonou, fim da história.

— Abandonou?

— Sim, pela segunda vez, desapareceu antes de eu acordar.

— Filho da...

— É.

— Pelo menos o sexo... foi legal?

— Espetacular.

— É isso o que importa. Então, onde está o problema, além do fato de ele ter ido embora?

# O Amor Não É para Mim

— Eu me sinto culpada e deveria contar tudo para Edgar.
— Você é besta?
— Não preciso contar para ele?
— Certamente que não, por qual motivo?
— Porque eu traí a confiança dele.
— Você acha que se sentiria melhor depois de contar para ele? Ficaria desconfiado de você pelo resto da vida, seria uma mancha indelével no relacionamento de vocês, ainda mais com o que ele já passou, todos o traíram!
— Justamente.
— Um pouco azarado, o amigo, hein?
— Foi traído por todas as pessoas que amou.
— Escute, não fique se sentindo tão culpada, ok? Você fez uma cagada, é verdade, mas ele encheu o seu saco com a história da Rebecca, faz você viver com a lembrança dela e não trepam nunca. Você matou a vontade. Quer pagar penitência? É isso que quer? Além do mais, o cara desapareceu e nem vai procurar mais por você. Seria pior se ele começasse a telefonar todos os dias, não?
— Sim, na verdade seria pior, mas se Edgar me traísse eu teria um ataque cardíaco e morreria.
— Ah, pode parar, Emily Brontë dos pobres! Você diz que ama Edgar, certo? O seu castigo será ter esse peso no coração para sempre, despejá-lo sobre ele para aliviar a sua consciência seria muito cômodo... Agora me desculpe, mas o Pequeno Chefe me chama.

Siobhan entra na sala de Mr. Angus. Não sei o que Sandra estava fazendo no computador às cinco da manhã, mas leio:

Monica,
você precisa contar logo para ele, está doida?

Como você consegue ficar com um peso desses no coração? Edgar foi um anjo com você, ficou perto de você quando precisou, ajudou com a sua carreira, lhe apoiou, protegeu e amou.

David nunca mexeu um dedo por você, sempre foi um babaca delirante.

Achei que você tinha crescido, que essa paixonite de garotinha tinha passado. O que deu em você? Pirou? Fale com ele, faça isso por você mesma, peça perdão, ele não merece que você também minta.

Vou rezar por você.

Um abraço apertado, escreva assim que falar com ele, estou aqui.

Da amiga,

S

Mais tarde, em casa, preparo um discurso e o repito mentalmente.

Não que eu tenha decidido falar com ele, mas também não decidi o contrário; digamos que não sei o que fazer e estou avaliando as duas possibilidades.

O fato de eu ter 50 por cento de probabilidade de ser rejeitada não me atrai, mas alimento esperanças também nos 50 por cento de probabilidade de ser perdoada.

Para decidir, já que as amigas não foram de grande ajuda, ajudo a mim mesma com uma moeda de uma libra esterlina: se der cara conto a ele, se der coroa, não.

Por enquanto, estou a 41 "sim" contra 12 "não". Eu deveria ter parado em três, mas depois o jogo escapou do meu controle…

Outra dificuldade que não pode ser subestimada é: como vou contar a ele?

Hipótese 1 (*en passant*):
— Edgar, poderia me passar o pão? Ah, sabe, traí você com David. Obrigada, quer mais pudim?

Hipótese 2 (de surpresa):
— Olhe lá, Edgar, está faltando uma garrafa! *Traívocêcom david*, ah, não, me enganei.

Hipótese 3 (subliminar):
— Está dormindo, Edgar? — Nenhuma resposta. — Traí você com David, boa-noite!

A terceira hipótese continua parecendo a melhor. Depois, repensando na resposta moralista de Sandra (de verdadeira beata), fiquei com vontade de perguntar como ela avalia o fato de que Julius tenha desaparecido em circunstâncias misteriosas. Ou isso não tem importância?

Ouço Margareth entrando pela porta de serviço, pegou esse costume odioso de penetrar furtivamente para recolher a roupa de baixo e deixar o pão em cima da mesa.

Quero experimentar pendurar alho, apesar de a ideia de um balde cheio de água em cima da porta continuar a me provocar.

Ela também deveria ser adestrada. *Platz, Margareth*!

Lá pelas nove Edgar volta para casa, ofegante e cansado, como sempre. Me dá um beijinho apressado, pendura o casaco, larga as chaves sobre o móvel do hall e vai até a cozinha, e eu não o sigo até lá, porque o acordo tácito entre nós prevê que eu não o interrompa durante a conta.

Quando ele termina, me chama, e começamos a falar sobre o dia de cada um.

Fico me perguntando quem é o mais pirado: ele ou eu, que o encorajo? Mas não precisamos de um psiquiatra, né?

A verdade é que ele é o único que pode decidir mudar, eu só quero evitar que ele fique nervoso e brigue comigo.

Estou disposta a fazer qualquer coisa para evitar desavenças entre nós e ele sabe disso.

— Gatinha, vão traduzir o seu livro para o francês, sabia? Vendi os direitos hoje de manhã!

— Que bom, Ed, e o que isso quer dizer?

— Quer dizer dinheiro, quer dizer promoção. Você vai ao lançamento na França, talvez na Costa Azul na primavera, e dessa vez eu vou com você.

— Que beleza... na Costa Azul... de novo.

Prefiro comer formigas!

— Você gostou da Costa Azul? Nunca falamos sobre isso.

— Muito, é muito bonita, você a conhece bem?

— Eu ia muito pra lá com Rebecca.

Tá brincando...

Tenho a sensação de que ele relaxou um pouco demais, não tem o mínimo de receio de que falar sempre de Rebecca possa ferir os meus sentimentos, é como se ela fizesse parte do pacote. Mas quando foi que eu assinei o contrato?

Subo para tirar a maquiagem e pôr o pijama de lã, que antes eu reservava exclusivamente aos momentos de solidão e que agora ostento com desenvoltura.

Por enquanto não vou contar a ele; posso ser uma babaca, mas, quando ele me fala de Rebecca com aquele ar nostálgico, quase sinto que fiz bem. Sou impotente contra uma pessoa morta.

Hoje é mais uma daquelas noites em que tenho dificuldade para dormir. Estico o pé, mas Ed não está aqui, deve estar trabalhando lá embaixo, no escritório.

# O Amor Não É para Mim

Desço para beber um copo de leite.

Encolhida em uma cadeira, pela janela da cozinha observo o vento que sacode as árvores. Me sinto irrequieta.

Aprendi a ser tão cautelosa para não machucá-lo com suas vulnerabilidades que não percebo que isso também pode me ferir.

Fui longe demais, penso, atravessando o corredor. Parando na porta do estúdio, ouço uma voz familiar.

A porta está entreaberta, eu a empurro apenas o suficiente para ver Ed sentado na poltrona.

Nem ao menos se trocou, está com a roupa de trabalho e a gravata desamarrada.

No chão, ao lado dele, a caixa de fotografias que eu havia pegado do quartinho de despejo.

É a voz de Rebecca na secretária eletrônica. Está escutando obsessivamente todas as mensagens.

"Amor, é a Bek, nos vemos depois da aula de ioga." "Liguei para você para lembrar que você é o homem que eu amo." "Afe, você nunca está, sinto saudade." "É a Bek, carne ou peixe hoje à noite? Aliás, prefiro comida japonesa, amo você..."

E ele chora. De novo.

Sento no chão, do lado de fora da porta, balançando para trás e para frente, esperando que ele pare e receando perturbar o seu luto.

David uma vez me explicou que quando alguém morre, os hebreus fazem um ritual chamado Shivá, no qual, durante uma semana, aquele que sofreu a perda não deve fazer mais nada além de elaborar a dor. Não deve tomar banho, trocar de roupa, trabalhar, não deve dizer tchau, nem até logo, não deve cortar o cabelo, sair de casa e participar de eventos agradáveis. Depois do sétimo dia, alguém lhe diz: "Levante-se!" e lentamente ele retorna à vida normal. Sempre achei isso um costume muito delicado.

Ninguém disse ainda "levante-se" para Edgar e, por mais que tente, ele não consegue abandonar o seu luto. Rebecca entrou na sua alma e se ele não decidir fazê-la sair, ela vai devorá-la.

Lá pelas quatro da manhã decido acordá-lo para levá-lo para a cama. Adormeci apoiada na parede e estou congelando.

Edgar está frio, encolhido na poltrona e, olhando-o desse jeito, demonstra ter todos os seus 48 anos.

Sou obrigada a chamá-lo diversas vezes até ele acordar.

Quando abre os olhos parece confuso, talvez estivesse sonhando; olha para mim por alguns instantes na penumbra, como se não me reconhecesse.

Depois murmura:

— Rebecca?

Sinto uma pontada atroz.

— Não, Edgar, é a Monica, você estava sonhando. Venha, vou levar você para a cama.

Pego-o pela mão e o acompanho até lá em cima com dificuldade. Ele tem os movimentos lentos, se deixa arrastar, parece em transe.

No quarto, ajudo-o a tirar a roupa. Deixa que eu faça isso sem opor resistência, sentado na cama, com o olhar fixo em algum ponto do chão.

Imóvel e nu na sua solidão, eu o vejo velho pela primeira vez. Vejo o homem que desistiu de viver rendendo-se ao passado, vejo o seu corpo descuidado e cansado, privado por muito tempo do prazer e vejo a resignação covarde nos seus olhos.

— Edgar.

— Monica — interrompe-me ele, como que impulsionado por uma exigência incontrolável —, preciso falar com você.

— Estou ouvindo — respondo, sentando ao seu lado na cama.

Começa a mexer nas mãos e a passá-las no rosto.

— Não fui honesto com você.

Justo para mim você diz isso...

— Eu sei que você tentou, que deu o máximo para fazer esse relacionamento funcionar e que ficou junto comigo, mesmo sendo, de certa maneira, jovem e imatura, muito impulsiva e emotiva...

— Não exagere nos elogios, eu posso começar a me achar — ironizo.

— Se fui duro com você, foi só para o seu bem, porque devia progredir e se tornar uma mulher, crescer. Eu não podia suportar ter que me relacionar com uma menina...

— O seu tato é o que mais gosto em você.

— Já a ironia é o que menos gosto em você — rebate, irritado.

— Nunca conseguimos conversar sem brigar.

— Somos muito diferentes e disso eu já sabia, mas esperava um milagre, esperava que com você eu pudesse recomeçar do início, que graças também à sua pouca idade você me devolveria a admiração, e que eu apreciaria de novo o gosto das coisas, que teria vontade de entrar novamente no jogo e pôr o passado de lado para me dedicar a nós e construir um novo futuro...

— Mas?...

— Mas não existem milagres. Dia após dia só sentia cada vez mais a falta de Rebecca, quis que ela estivesse junto comigo, pensava nela, desejava-a e eu... comecei a trair você.

— A me trair? — exclamo, transtornada.

— A trair você com ela, com a lembrança dela; cada vez que fazia amor com você, eu pensava nela, eu a queria, eu a via, foi por isso que precisei parar de me aproximar de você.

Nunca pensei em uma possibilidade dessas.

Há mulheres a quem seus homens confessam traí-las com a ex-mulher, outros com as melhores amigas, outros ainda confessam ser homossexuais, mas, que eu saiba, nunca ninguém foi traído com a lembrança de um morto.

Olho para Edgar com um misto de espanto e incredulidade.

— Quer dizer que você nunca me amou de verdade.

— Tive que entender isso.

— Você fez bem, todos têm direito a um período de teste quando admitem uma cuidadora — digo, com voz seca.

— Não, Monica, o que está dizendo? Isso não é verdade, gosto de você do fundo da alma, quero que seja feliz, torço por você em tudo o que faz.

— Eu não preciso de um fã, mas de um homem que me ame e que queira formar uma família comigo. Sempre acreditei em você, Edgar, e continuei ingenuamente a alimentar a esperança de que, se você aguentasse e lutasse por nós, no fim nós conseguiríamos, no fim Rebecca sairia da sua vida e haveria lugar para mim. Mas fui derrotada e essa, acredite em mim, é a maior desilusão que você poderia me dar.

— Monica... não faça assim — diz, perturbado e comovido, tentando acariciar o meu rosto.

Desvio instintivamente.

— Está se sentindo melhor agora que me disse? Aliviou a sua consciência?

— Tinha que contar a você.

— Não, você podia enfrentar isso e vencer, talvez pedindo ajuda, mas acho que você não tem vontade de se curar.

O silêncio de Edgar é a sua resposta definitiva.

— Acabou — anuncio com amargura.

Ele não responde, mas sinto que gostaria de dizer que estou errada, ou eu gostaria que ele fizesse isso.

Mas ele não faz.

Peguei uma caixa para juntar minhas coisas, como fazem nos filmes americanos: três canetas, um marca-texto laranja, um post-it, dois CDs, borrachas e um gatinho de madeira azul, meu amuleto da sorte.

A minha escrivaninha logo será levada de volta ao porão, porque duvido que alguém venha para me substituir.

O anúncio da minha partida não surpreendeu Mr. Angus tanto assim. Notei uma imperceptível expressão de relaxamento no seu rosto quando lhe entreguei o DVD com as suas proezas.

Não tentou me fazer ficar, apenas disse: "Sealbh ort!" — que Siobhan oportunamente traduziu como "Boa sorte". Apesar de eu ter ficado na dúvida se a verdadeira tradução não seria: "Finalmente saiu do meu pé."

Voltando para casa, me despedi da senhora bigoduda, que pareceu lamentar sinceramente a minha partida e me deu de presente alguns biscoitos para a viagem.

Não me perguntou por que estou indo embora. Talvez, no fundo, fosse a crônica de uma morte anunciada.

E aqui está a parte mais difícil, aquela que continuo a reviver.

Aquela na qual não posso acreditar.

Tiro do armário a mala para enchê-la com as minhas coisas e me dou conta de que no fundo dela ficou a malha azul que eu havia comprado para Edgar em Roma.

Ficou aqui todos esses meses. Coloco-a sobre a cama, para ele encontrá-la quando eu tiver partido.

Guardo rapidamente as coisas para não me dar tempo de parar para refletir sobre o que estou fazendo, caso contrário, tenho medo de desabar. Estou sem ar. A separação está me matando. Espero vê-lo entrar e me pedir para não partir. E eu ficaria.

Tentaria mais uma vez.

Eu sei.

Mas ele não vem me deter, e passo a última noite encolhida na cama, chorando, abraçando os joelhos como uma menina. Uma menina sozinha.

E sonho de novo com o escuro.

Vagueio por este quarto negro como se fosse cega, com os braços abertos, com o coração na garganta e grito com todas as minhas forças para ser ouvida, para ser salva, mas ninguém responde. Por fim, entendo que não está escuro, mas sou eu que estou vendada, como se brincasse de cabra-cega.

Tiro a venda que cobre meus olhos e estou na praia, faz calor e está cheio de gente, e reconheço minha mãe, meu pai, Lavinia e o meu irmãozinho; Sandra com Mark, Julius e Jazlynn, David e Siobhan com Flehmen; eles estão felizes e eu também, e começamos a jogar bola. E mesmo sendo só um sonho, me sinto bem, pela primeira vez em meses.

Tento reter a magia do sonho o máximo que posso para me dar forças de enfrentar minha partida.

Edgar está no escritório, mas não acredito que venha se despedir. Para evitar que ele me acompanhasse, pedi a Siobhan que me levasse até a parada do ônibus.

Não teria mais paciência de vê-lo procurar eventuais cadáveres sob as rodas; no estado em que estou, poderia engrenar a marcha a ré e reduzi-lo a pó. Conseguiria até a convencer a polícia de que foi um suicídio!

Puxo a minha mala para fora da porta. Respiro profundamente e me encaminho para a estradinha.

Moz vem me cumprimentar, abanando o rabo. Acaricio a sua cabeça. Não nos veremos mais, meu velho.

Retomo o meu caminho decidida a não me virar, mas sinto uma espécie de força misteriosa que me obriga a fazê-lo.

Me viro para a janela do quarto e o vejo ali, com a testa e a mão apoiadas no vidro, me olhando. Triste.

Está vestindo a malha azul. Sabia que ia ficar bem nele. Olhamos um para o outro por um longo instante para nos despedirmos. Um instante que vale mais do que todas as palavras que nos dissemos durante três meses.

Meus olhos estão queimando, as malditas lágrimas não conseguem esperar e me obrigam a me virar e ir embora. Siobhan me espera no fim da rua, e assim que entro no carro, vejo Margareth entrar na estradinha com uma mala.

Eu e Siobhan nos olhamos.

— Você se safou de uma boa, hein? — Siobhan dá risadinhas. — Imagine que triângulo.

— É verdade, agora não consigo rir, mas tenho certeza de que um dia vou me lembrar dessa história e vou ver o lado cômico.

— Você vai conseguir, fique tranquila. Até eu consegui rir da minha!

Ela me leva até a parada do ônibus, onde nos abraçamos.
— Boa sorte, Monica.
— Para você também, Siobhan, e obrigada por tudo.

Subo no ônibus, mas no último momento me viro e olho para ela.
— A propósito, como é o seu nome? Drin… Dree…
— Deirdre — grita para mim.

Depois, piscando o olho, exclama:
— Será o nosso pequeno segredo!

Sento no fundo e apoio a cabeça no vidro. A garota do interior vai embora para sempre. Como em "Smalltown boy".

Tenho que ligar para o cara da *Vanity Fair*, que me bombardeou de mensagens para saber quando eu voltaria. Vou me jogar no trabalho, não tenho outra coisa, preciso fazer isso por mim.

Procurando o celular na bolsa, encontro uma carta.

Está escrito "para Monica"

Abro. É de Edgar.

Uma onda de dor me domina.

Gostaria de conseguir não lê-la, de queimá-la ou jogá-la fora, mas eu me arrependeria, eu sei.

Quero que as palavras dele me acompanhem.

Minha Monica,

chegamos ao fim de uma história que nos devolveu meses de oportunidades perdidas, mesmo que, no fundo, nós esperássemos por isso.

Você decidiu ir embora de repente e, não vai acreditar, justamente quando as brumas começavam a se dissipar.

## O Amor Não É para Mim

É mesmo triste e injusto, e é exatamente como morrer mais uma vez, com o seu perfume nas narinas e a lembrança de quando você me respirava e se apertava em mim com os pés desesperadamente frios.

De novo tenho que apagar as lembranças de alguém que amei e não consigo, não quero isso, não agora. Estava só esperando o momento justo para dizer a você que ficasse na minha vida, e que eu estava pronto para apostar no futuro com você. Queria um amor de perder a cabeça, queria me embriagar de você antes que fosse noite outra vez.

Você esteve dentro de mim por seis meses e agora tenho que deixar que se vá para sempre e não posso suportar isso. Sei que ainda poderíamos dar muito um ao outro, aninhando-nos um no outro.

Mas você gritou amor por todo esse tempo e, quando eu estava quase pronto a dá-lo a você, você decidiu me pôr de lado, e decidiu isso sozinha, me colocando diante do fato consumado.

Agora que a minha vida era toda sua.

No fundo, eu sabia que era bom demais para ser verdade. Milagres não existem.

Espero que você nunca fique viúva como aconteceu comigo, mas, se um dia você perder a pessoa que ama (que Deus não queira), vai entender o que sinto, assim como agora entendo que a sua necessidade de escolher que o seu futuro venha antes de qualquer coisa.

O nosso tempo acabou.

Agora que você encontrou sua força interior, cultive-a, e olhe para o futuro com coragem, sem medo; tome o controle da sua vida e vá com tudo.

Vou procurar observar você de longe, com discrição, com amor, sempre.

Dizer que amei você é a coisa mais fácil para mim: de qualquer modo, nestes meses você melhorou a minha vida, tornou-a diferente, às vezes turbulenta, mas mais viva.

Leve-me com você, sem deixar nenhum traço, até que o homem da sua vida acompanhe-a no futuro.

Você vai ver que daí em diante será tudo mais fácil.

Deixo-a com as palavras de D.H. Lawrence:

> Se eu tivesse podido guardar-te no meu coração,
> se somente tivesse podido me envolver em ti,
> como eu teria sido feliz!
> Mas agora o mapa da memória desenrola
> de novo para mim
> o curso da nossa viagem, antes de chegarmos até aqui.
>
> Oh, e tu nunca, nunca foste
> uma das tuas possibilidades, meu amor,
> e nunca nenhuma das tuas faces eu vi!
> Mas diante de mim, elas ainda vêm e vão,
> e eu choro alto nesses momentos.
>
> E, oh, meu amor, como eu tremo por ti esta noite,
> e não tenho mais esperança alguma
> de curar o sofrimento ou recompensar-te
> por toda a tua vida de anseio e desespero.
> Confesso que uma parte de mim morreu esta noite!

Enxugo as lágrimas. Dobro a carta.
O celular toca. É David.
Não atendo.

Impresso no Brasil pelo
Sistema Cameron da Divisão Gráfica da
DISTRIBUIDORA RECORD DE SERVIÇOS DE IMPRENSA S.A.
Rua Argentina 171 – Rio de Janeiro, RJ – 20921-380 – Tel.: 2585-2000